白球残映

shuN AkaSegAWa

赤瀬川隼

P+D BOOKS
小学館

目次

ほとほと……

一

細かく砕かれた屑硝子《ガラス》の山が、真夏の正午の陽を浴びてさまざまな色の光を発し、尾形雄介の眼をチクチクと射す。おまけに、いくら帽子の下に敷いた手拭でぬぐっても額の汗が眼の隅に滲み込むので、雄介は睫毛《まつげ》を心もち下げ、頬の筋肉を上に寄せて、中学生らしからぬしかめっ面をして作業をすることになる。

(早くこんなどぎつい光から逃れて、関門海峡か響灘《ひびきなだ》の水の色を見に行きたいな)

しかし今日の労働はまだやっと半分しか終わっていない。雄介と、もう二人の中学生の臨時雇いは、あと三分ぐらいで昼休みのベルが鳴るぞと心待ちにしながら、黙々とスコップを使っている。三人は、硝子工場の建物の外の原料置場で、硝子の原料の石灰やソーダ灰や珪砂《けいしゃ》などを混ぜ合わせる作業をしているのだ。混合の割合はあらかじめ工場のヴェテランが決めて準備してあり、雄介たちは頭をからっきし使わなくてよい。眼のまえの材料を、とにかくスコップで混ぜればよいのである。完全に混ぜ合わさったものを山にしていく。作業量に応じて、円錐状の白っぽい砂の山が大きくなっていく。いつまでやってもただ円錐状で大きくなるだけ。何かを固めるとか、形を変えるとかいう手ごたえがない。サラサラ、サラサラと音がするだけだ。同じスコップで混ぜる作業でも、春休みに土木現場でコンクリートを練ったのは、あれはよかった。トタン板の左右に一人ずつスコップを持って構え、セメントに砂利や細かい砂を加え、もう一人がそこにバケツから水を流し込む。この水が緊張感を呼ぶ。左右の二人がすかさずスコップを斜め前方に交互に出し混ぜ合わせる。スコップとトタン板と砂がきしみ合い、シャー、シャクッ、といった音を発し、物質はだんだん粘り気を帯びてくる。油断すると水分が減るにしたがって固まってしまう。待機している人間が、その粘り気があって固まっていないコンクリートをバケツに汲み取り、素早く建築現場まで運ぶ。コンクリートはそこで固まり、形ができていく。作業をしている人間同士に餅つきのようなリズムが通う。確かに何かを作っているという手ごたえがあった。

それに引きかえ、この硝子の原料を調合する仕事は、サラサラ、サラサラ……。

ベルが鳴った。三人の中学生は眼と眼を合わせてにっこりし、スコップを砂の山に突き刺し、老人のように腰のうしろに手を当ててトントンと叩いた。

三人の中でも、雄介の弁当の中味は特に貧しい。ハンカチをほどき、生暖かい沢庵の匂いのする弁当箱をあけると、麦飯はすでに三分の一ばかり食べたように隅によっている。雄介は、その様子をほかの二人になるべく見られないように心もち背を向けてしゃがみ込む。そして、ゆっくりと飯を嚙みくだし始めた。普通に頰ばってむしゃむしゃやれば、二、三分で終わってしまう分量である。

「おい、昼からだれか一人、運び、やってんか」

職長の声だ。半年ほどまえに大阪からこの門司の工場にやってきたそうだ。遠くからよく伝わる声をしていて、それほど喉をりきませてもいないのに、空気によくなじんで聞こえてくる。

「ぼく、やります」

雄介が答えた。「運び」とは、融解窯《がま》から取り出されて成型された真っ赤な硝子を鉄板に乗せ、徐冷窯まで運んで行く役目である。スコップを持つよりもその作業のほうが神経を使うし、室内の熱気が我慢できないほどなのだが、雄介は午前中の作業の単調さに飽き飽きしていたので、いとわずに志願した。

弁当を終えるのに五分ほどかけた雄介は、屋根の下の影に沿って体を横たえ、帽子を顔にかぶせた。国語の教科書の、二学期から入っていく予定のページにある活字が、雄介の脳髄に入り込んできた。

ほとほと

これは、ほんとうにということかな。ほとんどということかな。もうちょっとでといったほうがいいのかな。

ほとほと死にき

少し感じが出てきたぞ。「き」は過去を表す助動詞。でもこの場合はそれに加えて、何というか「そうだったんですよ」とでもいう気持がこめられてるみたいだ。さて、とっておきの先へ進もう。言っちゃうの、もったいない気がするけどなあ。

ほとほと死にき　君かと思ひて

ああ、何回言ってみてもせつないなあ。胸がつまりそうだ。でも、やっぱりここまで言ってみないと、「ほとほと」も「死にき」も結局ことばとして生き返ってこないんだ。「もしやあなたかと思って、嬉しさのあまりほんとうにもう死んでしまいそうでしたよ」となるのかな。でも、「悲しさのあまり――」と言ってみたい気もする。嬉しさのあまりの悲しさ。究極のところ、嬉しさのきわみは悲しさと同じなのさ。なあんて、わかったようなことを言っちゃって。ああ、大昔の人は、たったこれだけのことばで、人間の感情はもちろん、表情も動作も、それに周りの景色まで見えてくるような表現ができたんだなあ。

かへりける人きたれりと云ひしかば
ほとほと死にき　君かと思ひて

上の句は、さしあたり今のぼくには問題じゃない。下の句の「ほとほと死にき　君かと思ひて」――もうこれだけで参っちゃうんだなあ。

それにしても、小さいのでいいから、ちゃんとした自分の字引が一冊ほしいなあ。友だちの家で一緒に字引を見ると、いつも性の単語の引きっこに熱中しちゃうものなあ。

雄介は、女の人がこれほどまでに男を恋い慕うということが信じられない。反対に、男が女に夢中になるのならまだわかる。だって、大人の女の人って、ときどきほんとにきれいな人がいるもんなあ。それに引きかえ、男はきれいじゃないよ。やっぱり恋愛は、ひたすら男が女の美しさのまえにひざまずくものだと思うなあ。それなのに、この万葉集の女の人は、男に対して「ほとほと死にき　君かと思ひて」と詠っている。一体、相手はどんなにすばらしい男だったんだろう。こんなに貧しくちっぽけな男の子のぼくには、想像できないよ。この歌が男の詠んだものなら、ぼくにもわかる。

「貴女《あなた》かと思って、嬉しさに気も遠くなって死ぬところだった」――ぼくには現実にそれほどまでに好きな人はいないけど、この、眼をあけていられないように嬉しく悲しくせつない境地はわかるんだなあ。経験はないけど、じかにわかるよ。ことばの力って、すごいなあ……。

「こりゃ、起きんか。日当もらえんぞ」

職長の声だ。うとうとしていた雄介はあわててはね起きて工場に向かった。

原料置場も太陽の直射で暑かったが、工場の中はそれ以上の炎熱だ。熟練工が窯のふたをあける。彼が両手に持つ細長い鉄製の手が、千五百度の窯の中から真っ赤な溶塊を取り出す。それは、すぐ脇のいくつかのポマードの瓶の鋳型に注ぎ込まれ、待ち受けていた女子の工員たちが、すかさず鋳型のふたをしめてプレスする。ジュッ、という音が走る。

成型されたポマードの瓶はまだ真っ赤である。彼女たちがその首根っこを鉄の輪で挟んで、把手のついた約四十センチ四方の鉄板の上に並べる。雄介は鉄板を両手に持ち、腰のあたりで慎重に水平に保ちながらしずしずと運ぶ。真っ赤な塊はみるみる黒ずんでいく。しかし油断はできない。それはまだ、人間の皮膚を溶かすのに充分な熱さである。一つでも足許に転げ落ちたら大変だ。

この、窯から窯への巡礼者は、雄介のほかに常傭の工員が二人、全体に黒ずんだ工場の黒ずんだ土間を、足場を確かめながらうつむいて進む。融解窯と徐冷窯の間は約十五メートル、これ以上は神経を集中できないと思うころにたどり着く。

雄介が、何度目かの「運び」を終えて徐冷窯の入口に身をかがめているとき、突然背後ですさまじい女の叫びが挙がり、それから何人かの男女の声が錐《きり》で刺したように鋭く短く聞こえた。振り返った雄介の鼻の先を眼を閉じ口を半開きにして失神したような感じの一人の女子工員が、二人の男に抱きかかえられて控え室のほうに消えて行った。

（山村幸江さん！）

雄介は呆然として立ちすくんだ。雄介の脳裡の印画紙には、すでに一瞬の絵が鮮やかに焼き付いていた。薄いシャツ一枚で働いていた山村さんの胸の、そのシャツの一部が焼けただれて落ち、そこからのぞいた肌を斜めに、血を含んで焦げついたあずき色の線が走っている。線は、幅三センチほどで、締めすぎたたすきのように引きつっている。

雄介はまるで自分がそのどろどろとした灼熱の液体を呑み込んでしまったように、喉から胸にかけて一瞬ヒリッとしたものが走るのを覚えた。

融解窯から溶塊を取り出す熟練工の手許が狂ったのか、それとも鋳型を取り出す山村さんの手さばきが失敗したのか。

山村幸江さんの残像は、雄介の脳裡から去ろうとしない。ここに働きに来始めて五日間、雄介は山村さんをきれいな人だなと思ってきた。でもそれは顔立ちからくる印象だけだった。映画に出てくるお金持の女、小説を読んでいて想像する深窓の令嬢の顔立ち、そういうものに決してひけをとらない人が、ぼくと同じく門司の海岸べりの町工場で働いている。あの人もぼくも理不尽に貧しい。山村さんは、美しいというだけでぼくを励ましてくれているのだ。ああいう人が仲間の一人として働いていることでぼくは自分の境遇に堪えていける。

その山村さんが、男たちに抱かれて眼のまえをよぎったときの、痛みをこらえてのけぞっていた肢体、しなやかな脚と、焼けただれたシャツからのぞく柔らかくふくらんだ胸、男が支えていた細い腰……雄介は今、山村さんの肉体を一瞬ありありと見てしまった。

「顔やのうて、よかった」

年輩の女子工員の声が、まだおさまらぬ騒ぎの中から不自然な大きさで聞こえてきた。雄介はそのことばを、同僚に対するいたわりと取るよりも、あまりに世馴れた言い草と取って腹を立てていた。

山村さんは一命はとりとめるのだろう。しかし、あのあずき色の線が胸から消えることはあるまい。あの灼熱は、体の内部のどの辺まで喰い込んだのだろうか。

そんなことを考える雄介や工員たちに、職長がよく通る冷徹な声で作業再開を号令し、工場にはふたたび活気のある音が戻った。工場の一角では、熟練工の一人が、長い鉄の吹竿を口に当て、その先で熱く柔らかい硝子の玉をあやつってふくらませている。練達の楽士しか音を出せないむつかしい金管楽器を、天に向かって楽しげに吹奏しているようだ。五、六人が彼をとりまき、何事もなかったように陽気なかけ声を挙げている。雄介は彼に尊敬のまなざしを注ぎながらも、彼がふくらませている金魚鉢のような容器の中に、痛みにあえぐ山村幸江さんの姿を見ていた。

「職長さん、あのう、山村さんは……？」

「あ？　ああ、大丈夫や。おまえが心配せんでもよか」

工場の奥の事務室のほうから、ドッとどよめきが聞こえてきた。ラジオのヴォリュームが大きくなった。

「……です。くりかえします。古橋広之進選手が、千五百メートル自由形で、驚異的な世界新記録を樹立しました」

工場全体にもう一度、ウォーッと歓声が挙がった。

（この工場では、山村幸江さんのような火傷《やけど》は珍しくないことなんだろうか。みんなもう忘れているみたいだ。それとも、心の痛手を隠そうとしてわざと陽気になっているのだろうか）

午後五時になり、雄介たち三人の中学生は日当をもらって工場の門を出た。

「海はおまえたち二人で行けや。おれは今日は家に帰る」

眼にチカチカ刺さるような、屑硝子や原料の山の光を浴びていたとき、あれほど海の色を恋しがっていた雄介は、そう言うと仲間と別れ、海の方角に背を向けて歩き出した。

その夜、雄介は眠れなかった。ふとんに横たわる雄介の眼の奥から、たくましい男たちの腕に抱きかかえられた山村幸江さんの、失神した人魚のような姿が浮かび上がっては消え、眼のまえを何回もよぎっていく。

ぼくはあの人が好きなんだ。今日、好きになったのだ。いや、本当はまえから好きだった。それが今わかった。でも、そのきっかけは何だったのか。さっきは、あの痛ましい事故のあと、大人たちがすぐ気分を切りかえて何事もなかったように振舞うのに内心腹を立てていたが、ぼくだって別に山村さんのことを心配していたとはいえない。ただ、ぼくの眼のまえをよぎった山村さんの半裸の姿にとらわれていただけの話ではないか。それが彼女を好きだと認めたきっかけだとすれば、何だか不純ではないか。

雄介は、そういう考えを打ち切ろうとして寝返りを打った。それでもなかなか眠れないので、起き上がって勉強机のまえに坐り、隣に寝ている弟たちを起こさないようにスタンドの傘を壁のほうに傾けて明りをつけた。小刀の傷だらけの机が浮かび上がる。「誠」とか刻んである。壁に一枚のレコードがかかっている。すり切れて埃だらけで、これにも細かい傷がある。

（山村さんの胸にも……）

だめだ。すぐ山村さんの姿に結びつけてしまう。

レコードは、シューベルトの歌曲「魔王」をゲルハルト・ヒュッシュが歌ったものである。戦後のたけのこ生活でついに蓄音機まで売り払ってしまったので、音を出して聴くわけにはいかない。しかし、十歳ごろまで父や叔母と聴いていたピアノの音色とヒュッシュの声が頭の中に宿っている。この盤も、父の趣味だったたくさんの洋楽レコードのアルバムと一緒に処分されるところだったが、雄介の要求がかなって一枚だけ残った。音を出す手段を失われ、壁の飾りになってしまったその雄介の愛蔵盤が、スタンドの光を下から浴びて、ボーッと浮かび上がっている。同時に、雄介の耳にかすかな音が生まれた。そしてそれは急激に大きくなり、馬が駆け抜けるようなピアノの連打音となった。五歳のころ、この曲を初めて耳にしたときのおびえが、雄介に甦った。雄介は目を閉じ、久しぶりに耳を襲う幻想の音に聴き入った。音につれ、脳裡には幻想の絵が復活した。

熱にうなされた男の子が、馬上の父親に抱きかかえられ、馬は何ものかから逃れようと疾駆している。葉を落とした大樹の枝が、馬の進む方向と反対の風を受け、不安げになびいている。父子の頭上を、王冠をいただいた魔王が、長い裾をひるがえし、やはり馬の駆ける方向と反対に飛び、息子を誘《いざな》おうとしている。

雄介の父が大切にしていたその絵は、いつのまにか紛失し、レコードだけが残った。

ピアノの連打が焦るようにたて続けに鳴る。ヒュッシュの熱唱が続く。

「マインファーター、マインファーター、お父さん」

お父さん――

こどもの死とともに音楽がやむ。

雄介の脳裡では、父に抱きかかえられた男の子の姿と、工員に抱きかかえられた山村幸江さんの姿が、いつのまにか二重写しになっていた。

(おかしい。おかしい。こんなこと考えるなんて)

山村さんの姿を消そうとした。見まい。考えまい。こんなこと考えると、山村さんは本当に死んじゃうかも知れない。

雄介は自分をもてあまし、スタンドを消すともう一度ふとんにもぐり込んだ。

二

夏休みが終わり、中学三年の二学期が始まった。夏休みとはいっても、雄介にとっては休むどころではなかった。約四十日のうち、三十三日はアルバイトでつぶれた。そのうち十五日が硝子工場、九日が映画館のアイスキャンデー売り、六日間が土木工事の現場、あと三日は印刷工場で清酒のラベルの金粉塗りの仕事だった。最後の三日が一番参った。手拭で頰被りし、帽子をかぶり、マスクをかけ、襟にも手拭を巻き、夏なのに長袖で手袋までし、そして金粉をまぶす部分以外が印刷された、力士の化粧廻しのような図柄のラベルが廻ってくるのを待ち受ける。手許にきたラベルの上に金粉をばらまくと、それが湿った線の部分に付着する。残った粉を刷毛で拭き取る。拭き取られて周囲に舞う粉はすでに充分湿っている。人間の皮膚や衣類も汗で湿っている。金粉は、完全武装の人間をあざ笑うように、マスクを通り、手袋を通り、襟巻を通って人間の皮膚に付着する。工場を出るときにいくらはたいても、衣服や皮膚から落ちない。そのまま銭湯に飛び込もうものなら、怒鳴りつけられてしまう。工場の風呂は狭くて、中学生の臨時工は大手を振っては入れない。

「いやっちゅうても、こげん金が体から離れんのに、月給んほうは何で羽根が生えて飛ぶんかのう」

「社長、金粉やのうて、ゼニのほうをもっとはずんでつかさい」

「わやく言うな。おまえたちがそげん金をばらまくもんじゃけん、当社は大赤字じゃ」

「そりゃ、冗談にもならんたい」

狭い風呂から、大人たちのだみ声が聞こえてくると、雄介は入る気がしなくなる。話に仲間入りする必要はないし、湯が汚いのも何とか我慢できるのだが、雄介は、大人たちから股間の一物をジロジロ見られているような気がして億劫《おっくう》になるのである。銭湯ならともかく、印刷工場の風呂だから、本来なら大人の工員ばかりのはずである。中学三年の雄介は、工員たちから見れば奇妙な小動物が一匹迷い込んできたようなものだ。最初の日に不用意に風呂に飛び込んだとき、雄介は四十恰好の男からひやかされた。

「おまえ、そげん隠さんでよか。堂々と見せてみい。オッ、かわいいのう」

周囲の哄笑に包まれながら、雄介は真っ赤になり、みんなの眼が一か所に集まったように感じた。

(そうでなくてもぼくは、同級生の連中のよりも小さいんじゃないかと最近気になってるのに、人の気も知らないで、かわいいとは何事だ)

これが、悪戦苦闘の夏休みの幕切れだった。

二学期に入ると、勉強がにわかに忙しくなった。去年の春に学校制度が変わって、今までどおりなら雄介の中学の四年と五年になるはずだった先輩たちは、今年度が始まると新制の高校に移ってしまった。そして中学は三年制となり義務教育となった。雄介たちはにわかに中学の最上級生となったのである。来年は高校受験だ。

まず、先生たちが張り切り出した。戦争が終わって丸三年、どういう授業をしたらいいのか先生それぞれの手探りだった時代が過ぎ、新しい教科書も整備され、民主主義教育のレールが敷かれ、六・三・三制がスタートした。先生たちの多くは、個人が沿うべき全体の方針と材料を与えられ、安心できる拠り所を持ち、生徒たちを引っ張り始めた。

学校が始まってみると、やはりそこは毎日行かなければならないところのようである。雄介もごく自然にその日常に戻っていった。仕事にありついて金をもらうことは二の次になった。工場通いや土木工事のアルバイトはできない。せいぜい、放課後に商店街の造花屋に行き、秋の商工祭に商店の軒先を飾る造花の束を持って、黄昏《たそがれ》の商店街を歩きながら一軒一軒に売りつけていく一、二時間の仕事ぐらいしかなかった。

「花売り娘なら、ちっとはかわいいがのう。ニキビ面の花売り小僧か。まあよしよし、買ってやる」

(黙って買ってくれよ。このヒキガエル)

その仕事も短期間しかなかった。雄介は、眩暈《めまい》のするような空きっ腹を抱えながら、学校の授業に集中しようと努力した。クラブ活動も活発になっていた。文芸部、図書部、弁論部、新聞部、野球部、庭球部、排球部……雄介はどれにも入らなかった。入る余裕もないし、意欲も湧かなかった。授業が終わるとまっすぐに家に帰り、寝転んでぼんやりしていた。学校でも評判の、見たくてたまらない映画もたくさんあったが、金がないのでめったに行けなかった。

アルバイトのない日は、空白の時間だけは友人のだれよりも豊かにあった。二学期に入った初めのうちは、その空白に山村幸江さんの姿が入り込んでいた。しかしそれも次第に薄れ始めた。一時は四六時中、頭にこびりついて消えなかった山村さんの人魚のようにしなやかな肢体が、いつのまにか嘘のように遠のいていた。そしてそれに代って、もう一人の女の姿が、あぶり出しの絵のように少しずつ形を帯び、消そうとしても消えず、雄介の空白の時間を占める女王となり始めていた。

雄介の父は鉄道省の役人で、戦争中の昭和十八年に東京から門司に転勤し、門司鉄道管理局の要職にあったが、終戦直前の昭和二十年六月に急性肺炎がこじれて病没した。母と、雄介を頭に四人の子が残された。雄介十一歳。すぐ下が妹で八歳、その下が弟二人で五歳と三歳だった。はじめのうちは父の遺産で家計もどうやら小康を保っていたが、中堅官僚がコツコツと貯えた財産など、戦後のインフレの大波にはひとたまりもなく、あっというまに呑まれて消えてしまった。お嬢さん育ちの母は、すぐさま自分の腕で商売などを始める機転も利かず、父の同僚が心配してくれて、やっと市役所の事務員の口にありついた。まだ学校にも上がっていない二人の弟は、小倉にある母の実家にしばらく預かってもらうことになった。電車で三十分たらずのところで、土曜日の午後か日曜日には、二人はたいてい実家の祖母や叔母に連れられて門司に帰って来た。日曜日の夕飯が済んでから、母の代りに雄介が二人を伴って小倉に行くこともあった。母の実家が近いことが、雄介たちの窮地を救っていた。しかし実家もそれほど余裕があるわけではなかった。

やがて次男の洋二が小学校に入る時期になり、働く婦人のための託児所も折りよく門司の市役所の近くにできて三男のことも何とかなる見通しがついたので、尾形家はふたたび家族五人揃って門司で暮らすことになった。その点では幸せになったが、家計はますます火の車である。中学生の雄介も口さえあれば働きに出た。春休みと夏休みと冬休みは、雄介にとってはまとめて働くための期間だった。まだ中学生にもなっていない妹が、幼い弟たちの面倒をみたり、乏しい材料で夕食の支度をした。

十月はじめのある日曜日の昼近く、雄介が弟の洋二と、家のまえの路地で、手製の布ボールで素手のキャッチボールをしていると、小倉の叔母、原口恵子の姿が現われた。

「あら、今日はアルバイトなし？」

「うん、ここんとこ不景気」

「いいじゃない、たまには」

叔母といっても、雄介とは四つしかちがわない。おととし小倉高女を卒業して、今は銀行に勤めている。雄介の母より十六歳も若い。雄介の母が三十五歳で長女、次が男でフィリピンで戦死、その次も男で今は長崎の造船所で働いている。その下に二十五歳の次女がいて、すでに結婚して福岡に住んでいる。恵子はその次女から六歳離れて生まれた末っ子だった。だから恵子は、自分の長姉よりも、そのこどもたちのほうにずっと年が近いのである。

雄介たちがまだ東京にいた昭和十七年に、恵子も父の仕事の関係で東京に移った。そして小学校六年生から女学校一年生にかけて二年近く東京で過ごし、雄介たちが門司に引っ越したのと相前後して、ふたたび小倉に戻ってきたのである。

恵子は十六歳離れた長姉、つまり雄介の母を慕っていて、東京に住むようになってからは頻繁に遊びにきた。雄介たち兄弟は、恵子が自分たちの叔母であることを知りながら、いつのまにか「恵子姉ちゃん」と呼ぶようになった。正月のカルタ取り、潮干狩り、海水浴、ハイキングなどには、必ずといっていいほど彼女の姿があった。雄介たちの父も自分の子のような年齢の義妹をかわいがった。戦争たけなわのころも、恵子は空襲のあいまを縫って、上はセーラー服で下がだぶだぶのモンペという姿で、ふかし芋などを持ってやってきた。雄介が小学校の半ばのころには女学生、そして中学生になったときには女学校を卒業しようとする「恵子姉ちゃん」がいて、姉のいない雄介や妹は、彼女を自分の姉のように慕っていた。東京での最後の二年間から今までにかけて、雄介が育ってきた風景の中には、つねに少し先を進む恵子の姿があった。

雄介と洋二は、キャッチボールの手を休めて、恵子が差し出すアンパンをほおばった。恵子の髪にはゆるやかにパーマネントウエーヴがかかり、紺の毛糸のセーターに真っ白なスカートをはいている。うっすらと化粧しているようでもあり、汗にまみれた雄介の鼻先に、いい匂いが伝わってくる。

雄介は、恵子が女学校を卒業してからというものは、それまでちょっと先を行っていた恵子と自分の距離がどんどん開き、恵子が自分の手の届かないところに一挙に進んでしまっている感じにとらわれ始めていた。もう一緒に遊ぶことも、共通の話題で時を過ごすこともないんじゃなかろうか。恵子姉ちゃんはきっと、ぼくなんかこどもっぽく見えて仕方なくなっているんだろう。

そのことに焦り、何とか恵子に追いつこう、あるいは何とか恵子を手許に引き戻そうとする気持が雄介にはたらいていた。その綱引きに似た心の動きが、いつのまにか恵子を雄介の空白の時間の女王にしてしまっていたのだった。その雄介の眼に、今日の恵子はひときわまぶしく映えた。

「ねえ、どこかに遊びに行こうよ。お天気はいいし」

雄介のとまどいを救うように、恵子の明るい声がした。洋二が目を輝かせた。

「海を見に行かない？　和布刈《めかり》神社あたりがいいわね」

恵子は、うなずく甥たちに笑顔を見せると、姉に断りに家の中に入って行った。

「この辺はね、戦争が終わるまでは一般の人は入れなかったのよ」

「要塞地帯だったんだよね」

「ぼくも知ってるよ。あそこの山のてっぺんに高射砲があったんだろ」

小学校三年の洋二が、恵子と雄介の話に割って入った。

関門海峡で一番狭い早鞆《はやとも》の瀬戸、そこを東に抜けると周防灘《すおう》である。九州の東北端、その瀬戸にせり出したような位置に和布刈神社がある。海に面した石造りの柵が一か所あいていて、古い石段が海に向かって降りて消えている。その石段の下のほうを潮が洗い、海草や貝殻がこびりついている。石段の幅は、三人がやっと並んで腰を降ろせるほどである。三人は海面から三段目の石段に並んで尻を寄せ合い、素足に寄せる海水の冷たさを楽しんでいた。

恵子と雄介が東京で初めて叔母・甥の対面をしてから、二人は九州に移ってからもずっと東京弁でやりとりしている。恵子はもともと小学校五年生までは小倉で生まれ育ったのだし、雄介は九歳のとき門司に移ってからもう五年も経ち、友人たちとはずっとまえから土地のことばでやっているのだから、二人のあいだもそれでやればよさそうなものだが、東京弁が居坐ったままだ。そして洋二も、こういうときは兄の影響を受けてしまう。ところが兄弟だけだと、土地のことばのほうが出やすい。また、東京弁しか使わない母とのあいだでさえ、雄介たちはたいてい土地のことばを使う。恵子の場合は、自分の家や勤め先では土地のことば、そして雄介の母や雄介たち兄弟とは東京弁になる。多分、恵子には気取りというよりも長姉への憧れがあるのだろう。

雄介はそう思いながらも一方では、母には関係なく、恵子と自分だけのあいだで取り交わす特別なことば、というふうに最近は考えるようになっている。そして「特別なことば」を「特別な関係」と思ってみる。するとそこに、二人だけの聖域、あるいは二人だけが知っていて、ことばに出さなくても通じ合っている秘めた領域の存在が感じられてくる。その意識のために、雄介は、恵子に対する自分の態度が少しずつぎごちなくなっていくのを自覚している。

(恵子姉さんが、ぼくとのあいだに洋二を坐らせたのは理由があることなのだろうか。いや、一番チビを真ん中にするのはごく自然なことだ。ぼくが勝手に気を廻しているのだ)

ジイシキカジョウ、雄介の学校で最近流行《はや》り出したことばが頭をかすめた。

「あの、竜宮城のようなのが赤間神宮」

「でも、祭ってあるのは乙姫さまじゃなくて安徳天皇」

「そう、昔は阿弥陀寺というお寺だったのよ。それが明治の廃仏毀釈でお宮になったの」

「恵子姉ちゃん、ハイブツキシャクって何？」

洋二は、今度はさすがにすんなりとは割って入れない。雄介は、洋二を無視するように急いで口を開いた。

「阿弥陀寺って知ってるよ。ラフカディオ・ハーンの怪談に出てくる」

「そう。耳なし芳一」

「ミミナシホウイチ？　耳がないの？」

洋二は不機嫌になっていくようだ。

恵子が洋二に説明している途中で、雄介は独り言のように言った。

「大根やい、蕪《かぶ》や蕪」

「何？　それ」

今度は恵子が雄介に聞く。

「小学校の教科書にあった。そこだけ憶えてる。やっぱりハーンのだったと思う。ぼくたちはそのころ小泉八雲という名前しか知らなかったけど。何か、松江の朝に野菜売りの声がしてくるんだったと思う」

「ねえ、キャッチボールしようよ」

洋二がしびれを切らしてせがんだ。恵子が洋二の髪を撫でて立ち上がった。

雄介がポケットに押し込んできたテニスの軟球で、洋二を真ん中にした三人一列のキャッチボールが始まった。境内の木々は秋の午後の陽を受けてくっきりした影を落とし、三人のほかにはまったく人気はない。

初めは洋二が雄介と恵子にいちいち中継するキャッチボールをやっていたが、次に、同じくらいの背丈の雄介と恵子が投げ合うボールを、あいだにいる洋二が跳び上がって捕らえるという遊びに移った。雄介と恵子は、ときどきわざと低いボールを投げて洋二のご機嫌をとる。ボールを手にした洋二は、満面に笑みを浮かべて勝利の味をかみしめたあと、雄介や恵子に大切なものを手放すような手つきで投げてよこす。そのうちに、洋二の手許が狂って、ボールが海に向かう石段のほうに飛んでしまった。ボールはすでに石段を転げ落ちて、一メートルほど先の海水の上で揺れている。その少し先は速い潮流である。雄介が石段を降りて足を水につけ、慎重に進もうとすると、恵子が叫んだ。

「雄ちゃん、待って。そこは急に深くなってるのよ」

ボールは少し遠ざかったり、また少し近寄ったりするがもうちょっとというところで手が届かない。そこで雄介より少し腕の長い恵子が先頭になり、雄介がうしろから両手で恵子の左手を支え、恵子がかがみ込んで右手を伸ばしてボールを取ることにした。

一回目はうまくいかなかった。恵子は雄介に、

「もう一度、しっかりギュッと持っててね」

と言ってさらに身をかがめ、右手で小さな波を立ててボールを手許に引き寄せる手つきをした。雄介は恵子の左手をしっかり握りながら、彼女のうしろ姿や、波を起こしている手つきを盗み見るうしろめたさとたたかいつつ凝視していた。

「もうちょっと」

恵子の声に、雄介はさらに両足を踏んばって腰を低くした。そのとき、雄介の眼のまえに斜めに伸びている恵子の白いふくらはぎの先の、白い太ももが、スカートの奥に見えた。雄介がドキッとした瞬間、

「さあ取れた」

という声とともに恵子の体が起き上がった。雄介は不意を突かれたように反動で足を滑らせ、とっさに夢中で恵子にしがみついた。

「あ、ごめんごめん」

恵子は、尻餅をつきかけていた雄介を抱き起こした。そのとき、恵子の髪の毛が雄介の顔にかぶさり、雄介の鼻先がいい匂いに包まれ、髪の毛が頬を気持よく撫でた。

雄介が石段の上を振り向くと、小学校三年生の洋二が、すこぶる緊張した顔つきで二人を凝視していた。そしてそのうしろに、いつのまにか若い男が三人立っていて、恵子と雄介を眺めていた。いつ現われたのだろうか。

二人が石段を登り出すと、男たちは立ち去る姿勢を見せながら、口々に奇声を挙げて二人をひやかし始めた。半ば背を向けながらも視線はチラチラと恵子のほうに走り、盛んに何か卑猥なことばを発し続けている。雄介には全部ははっきりとは意味がわからないが、聞くにたえないという感じだけはひしひしと伝わってくる。

恵子は知らん顔を決め込んでいた。雄介も、こういうときは知らん顔をしたほうがいいと思って平静をよそおった。ところが、二人が石段を登りきろうとしたとき、洋二が、五、六メートル遠ざかっていた男たちの背中に、

「バカヤロー!」

という声を浴びせ、境内の砂利を摑んで投げつけた。砂利は彼らには届かなかった。しかし、洋二の声は少年特有の高く凜々《りんりん》とした響きで彼らを射た。男たちはこちらを振り向くと引き返しかけた。しかし、相手が小さい男の子では仕方がないと思ったのか、足早に遠ざかって行っ

た。

洋二の顔は蒼白になっていた。そして右手は次の砂利を握りしめてふるえていた。

「洋ちゃん、勇敢ねえ」

恵子はかがみ込んで洋二のおかっぱの髪と頬を両手で包み、優しく撫でた。洋二は、はりつめていた気が一挙にゆるみ、恵子の胸に顔をうずめて大声で泣き出した。

その様子を見守っていた雄介に、ちょっと羨ましい気持が湧いた。そして、恵子が洋二を勇敢とほめた裏に、雄介に対して「勇気がない」という意味がこめられている気がした。

(洋二には、不埒《ふらち》な敵から恵子を護ったというヒロイズムと、その恵子から抱擁を受けた結末が生まれた。これはもう、立派な騎士物語だ)

同時に雄介は、心の中に真新しい単語を書きつけていた。

(嫉妬だ。こういう気持を嫉妬というんだ)

三

「雄介、あなた、このごろちょっと元気がないわね」

夕食が済んで、弟や妹が別の部屋に行くのを待っていたように、母が雄介に言った。

「そう見える?」

「何か考え込んでるみたい。来年の高校のこと?」

「いいや、別に」

「食べるものも食べさせてやれないで元気をお出しって、勝手みたいだけど、何か一人で悩んでることがあるんじゃないの」

(そのとおり。恋のやまいです。ぼくは自分の叔母の原口恵子に恋いこがれて夜も眠れないのです)

そう言ったら、母はどんなにびっくりすることだろう。雄介は笑って答えた。

「何もないよ。心配しなくていいよ。強いて言えば思春期のせいかな」

母の表情がちょっと緊張したようだった。

「といっても、抽象的なものさ」

この十一月から主食の配給が一日二合七勺と、ちょっぴり増えたが、もちろん食べ盛りの雄介には充分ではない。弟や妹たちにしても同じことだ。母や雄介がいくら働いても、そんなに闇米を買う力はない。雄介兄弟の弁当箱の中味は、相変わらず隙間だらけ、そして麦や芋だらけだ。雄介が学校やアルバイト先で他人の弁当をチラリとのぞいて受ける感じでは、どうも何年もまえから二合何勺とかいう配給量は建前だけになっているようだ。そうでなければ、都会の人間が毎日ああも弁当箱をお米だけでいっぱいにしてこられるはずがない。まあ、ぼくの家が一番建前に近いというわけだ。母子家庭だもんな。仕方がない。

「高校なら、お母さんが責任を持って行かせますからね」

「いや、お母さんに責任持ってもらわなくてもいいよ。自分で必要だと思ったら自分の力で行く」

「生意気なこと言って。でも、本当に大丈夫よ」

「今まで四人の義務教育だけでも大変なのに。来年からお母さんの給料が大幅に上がるんなら別だけどね。第一、公務員のストライキはマッカーサーから禁止されたばっかりじゃない」

母は雄介に何か言いたそうな気配だった。しかしもう一度「高校進学は心配しないで」と雄介に念を押して話を打ち切り、台所に立ち去って行った。しばらくして雄介は、もしかするとお母さんは、市役所勤めよりも収入のいい仕事のあてができたのだろうかと思った。とすれば何だろう。しかし、雄介は母を追って台所に行くのをやめた。

尾形雄介、洋二、原口恵子の三人が和布刈神社に遊びに行ってからひと月半が経っていた。あの日の帰り路、三人は和布刈が気に入ったと口々に言い、また遊びにこようと約束した。今度は和布刈のほかに、関門連絡船で下関に渡り、赤間神宮に行き、火の山にも登ってみたいと話し合った。

「下関って、本州なんだよ」

洋二が弾んだ声を出していた。

雄介たちの家は、東北から西南に細長く伸びる門司の中で、東北寄りの広石というところにある。海岸にせり出した風師山が、門司市を西南の大里地区と東北の港町一帯に分けていて、広石はその山の北の麓に位置し、和布刈まではせいぜい一里、遠足には恰好の距離だ。戦争末期に関門鉄道海底トンネルが開通するまでは、本州から九州に来る汽車の客は、下関で一度汽車を降りて連絡船に乗り、門司でもう一度汽車に乗り直さなければならなかった。九州から本州に行くのも同じである。だから連絡船は上りも下りもいつも満員だった。しかし海底トンネルが下関と大里（現在の門司駅）を結んでからは、船を利用する人は激減し、便も減って半ば観光船みたいになっている。それも雄介たちの乗船目的にとっては好ましいことだった。そしてあと何年かすれば、今度は壇ノ浦の少し東と和布刈を結ぶ、早鞆の瀬戸の海底に、上は自動車が走り、下は人が歩いて通れるトンネルが開通するそうだ。

その興味とは別に、和布刈に行って以来、雄介は、何かの拍子で「和布刈」という字が頭に浮かんだり、「めかり」ということばの響きを思い出したりすると必ず原口恵子の面影が伴うのだった。そして、石段から海に落ちたボールを二人で手をつないで拾った情景と、思わず恵子にしがみついた瞬間と、恵子が洋二を抱きしめていた情景が脳裡に再現されるのだった。

母から高校進学の話を持ち出されてから数日経った土曜日の午後、雄介が学校から帰ってきて、いつものように裏木戸をあけて庭に廻ると、縁側に思いがけず恵子の姿があった。雄介はドキッとした。それから嬉しさがこみ上げてきて、胸がつまりそうで、ほとんど泣きたい気持に襲われた。下校の途中でも、ときどき恵子のことを思い浮かべてきたのだ。このところ、恵子の容姿が雄介の意識をすっぽりとおおって滞留する時間が急速に長くなっていた。小学生のときから一緒に遊んできて、ついこのあいだまで別に特別な感情を持たなかった相手に、いくらぼくが年頃といっても何でこう急に……しかも相手は四つしか違わないとはいえ、自分の叔母、母の妹ではないか。雄介は何度もそのことを考え、脳裡に浮かぶ恵子の像から自分を解き放とうとした。そのために、自分の知っているほかの女の人を一所懸命思い浮かべてみたりもした。同級生、家の近くの女の子、学校の若い先生、アルバイト先で知った女の人、とりわけ、夏休みの硝子工場のアルバイトのときに目撃した、胸に火傷を負って男たちに抱きかかえられて行った山村幸江さん……しかし、それらの像はすぐに消え、廻り道をした分だけ恵子への想いが強まっている自分に気付くのだった。その恵子が思いがけず眼のまえにいる。

「お帰りなさい」

恵子がにっこり笑って言った。

「お帰り」

恵子のうしろにいた母も言った。

「私も銀行の帰りなの。雄ちゃん、珍しいものあげる。ほら、シュークリームよ」

恵子は紙包みをあけ、雄介にすすめた。

「うわあ、いきなりこんなもの食べたら、おなかがびっくりして気絶しちゃうよ。どうしたの」

「お得意さんがくださったの」

「恵子姉ちゃんにだけ?」

「そうよ。役得」

「へえー。あるところにはあるんだなあ」

雄介は、恵子にできるだけたくさん口をきくことで、高鳴る胸をほぐそうとした。それはうまく行き始めたようだった。ところが、

「今日、泊めてもらうことにしたの。明日は日曜日だし」

「――――」

「雄ちゃん、今から二人で和布刈に行ってみない?」

せっかく平静になりかけていた雄介の胸が、また急に熱くなり、波を打ち始めたように感じた。

（二人で……）

「みんな友だちのところに遊びに行っちゃったし、二人でゆっくり行ってらっしゃい」

母が縫い物の手を休めて言った。

その日は広石から市内電車に乗って終点で降り、山沿いの道を歩いてから和布刈の海岸に出ることにした。電車の中では、男女ともたいていの乗客が一度は恵子に目を注ぐようだった。そして、多くの人がもう一度二度と、さりげなく恵子を見た。恵子は、今日は海老茶のツーピースにクリーム色のブラウスをのぞかせ、ハイヒールをはいている。雄介は誇らしさを感じながらも目を伏せていた。

（みなさんが注目しているこの美人は、ぼくの若い叔母であり、実はぼくの恋人なんですよ）

雄介は、恵子が雄介を誘うときわざわざ「二人で」と断ったことに思いをめぐらせていた。弟や妹たちとでなく「二人で」……。そこには母もいた。だから別に二人の秘密めいたことではなかった。それが雄介には少しもの足りない気もした。しかし、今こうして実際に二人で和布刈をめざしているのだ。しかも恵子から誘われて。雄介は、一挙にやってきた信じ難い幸福に恐ろしい気さえした。ぼくは何を話したらいいのだろうか。恵子姉ちゃんは、最近のぼくの心の動きを察していて、それへの答えを準備しているのではなかろうか。それなら、吉と出るか凶と出るか。

電車を降りて山沿いの道にさしかかり、通る人もまばらで二人きりになると、恵子のそぶりも心なしかやや固くなっているように思われた。口数も少ない。雄介は息苦しくなって、左手に開けた景色に目をやった。

関門海峡の潮流が縞模様を描き、西に傾き始めた陽を受けて宝石を散らしたように光る。恵子が沈黙を破った。

「雄ちゃん」

何かが始まる。雄介は自分のほうからすべてを告白したい気持になった。しかし、ことばが出ない。

「靖子姉さんと結婚したいっていう人がいるの」

「お母さんと?」

意外な話題だった。自分と恵子のことしか考えていなかった雄介は、まったく意表をつかれた。

「靖子姉さんはこないだのお誕生日でやっと三十六、きれいだし、魅力があるでしょ」

「さあ……」

雄介は、自分の母の話ではないような気がした。そんな見方は今までしたこともない。

「雄ちゃんは、これから高校、大学に行って偉くならなきゃいけない人だし、その下にあと三人も続いているでしょ。お母さんを支えてくださる立派な人がいれば、私もそれが一番だと思うけど」

雄介は、数日前、母が茶の間で「高校進学のことはお母さんが責任を持つ」と言っていたのを思い出した。そして何かを言いたそうにしていた母も。そうか、あれはこのことだったのか。おふくろは自分で打ち明けるのを避けて、こどもたちと仲のいい妹に、まず長男のぼくの気持を聞くことを託したんだ。「二人で和布刈に行こう」とはそういうことだったんだ。

雄介は、恵子の口から母の再婚の話が出たことよりも、「二人で和布刈に行こう」と言った恵子の意図を取り違えていたことにまず落胆し、みじめで、恥ずかしい気分にとらわれていった。

雄介は、元気のない低い声で聞いた。

「お母さんの気持は？　恵子姉ちゃんに何か言った？」

「とっても迷ってるみたい」

「ぼく、もう自分のことは自分でやる。それに、高校なんか行かなくたって立派になってみせる」

本心と、恵子に見栄を張ってみせようという気持と、どっちが勝っていたのか、自分でもわからなかった。

恵子の鋭い語気が返ってきた。

「雄ちゃん。自分のことだけじゃだめよ。あなた、弟妹《きようだい》全部養っていけるの?」

雄介は、こういう話題を、こういう雰囲気で恵子とやりとりすることに、いたたまれぬいら立ちを覚えた。静かな山沿いの道は下りになり、和布刈神社はすぐそこだ。秋の陽はどんどん西に傾き、木々の緑や紅葉は落ち着いた暗さを増し、海峡の水面《みなも》は、多彩な点描の筆が五線譜の上を躍るように、至上の音楽を奏でている。ああ、この光景を、神社の石の柵に二人で寄り添って眺めながら、薄明の中に溶けていきたかったのに……。

現実と夢想のあまりな乖離《かいり》が、やがて雄介を居直らせてしまった。雄介はややふてくされて言った。

「それじゃ、お母さんはお金のために再婚するの?」

雄介は突然、左の頰にパシッという音とともに痛みを感じた。恵子の平手打ちは意外に強かった。雄介はその痛みから、恵子のてのひらの快感だけを残そうと努めた。

「靖子姉さんがそんな人だと思う?」

雄介は気付いた。恵子は一度も「雄ちゃんたちのお母さん」という表現をせず、「靖子姉さん」と言っている。これは、一人の独立した女性として考えろということなのだろう。

「ごめん、ぶったりして」

「全然痛くない。気持よかった」

「まあ！　負け惜しみ」

「それで、お母さんもその人を好きなんだね？」

「簡単に言えばね」

恵子はうなずいたあとでそう言った。

二人は和布刈神社の境内に肩を並べて入って行った。恵子は先に立って海に面した石の柵に胸を預けた。それだけは雄介の夢想どおりだった。雄介は恵子に寄り添った。思い出の石段はすぐ左にある。

藤原多一氏は四十七歳、八幡市の西に位置する遠賀郡水巻町の炭礦会社の重役である。六年まえに死んだ妻とのあいだに二女があり、二年まえに次女が先に嫁ぎ、長女との二人暮しだった。長女は父のことが心配でなかなか片付かない。父はとうとう、「好い人がいればおれは再婚する」と言った。どこにでも情報屋はいるもので、藤原多一氏父娘の動静は、北九州五市の主要会社や官庁に伝わり、尾形靖子の門司市役所就職を世話した亡夫の友人が、二人を引き合わせた。初めは靖子は「相手がどんな方であろうとまったく再婚の意志はない」とつっぱねたが、恩義ある人のすすめには逆らい難く、二度ほど藤原多一氏と会った。藤原氏は一も二もなく靖子が気に入り、「ぜひ四人のお子たちと会わせてください」と言った。藤原氏の住宅は小倉市内で、恵子も、母と一緒に一度藤原氏に会った。

「炭礦の重役っていうから、どんなにゴツゴツした荒っぽい小父さんかと思ったら、それが色白で細面のインテリタイプなの」

「恵子姉ちゃん。何だか都合がよすぎるみたい。組み合わせがさ。結婚って、そんな組み合わせの条件から決まっていくの?」

雄介は、もう一度逆襲に出た。恵子は今度は怒らなかった。

「そうじゃないのよ。靖子姉さんの場合はね、自分の知らないうちに周りの人が心配して、出逢いを作っちゃったの。そしたら、あとは本人次第でしょ。それでも、雄ちゃんにとっては納得できない?」

「———」

「靖子姉さんは、それだけ周りの人からも信頼されてるのよ」

雄介は、返すことばに苦労し始めた。男女の愛って、もっと偶然なものじゃないのか。いくら親切な人がいるからといって、そのお膳立ての上で生まれる愛情なんて、やっぱり妥協の産物じゃないか。ぼくらが見ている映画や本の物語は、まずのっぴきならぬ男女の出逢いがあって、それから悪条件に立ち向かって、それを解決したり、克服できなかったりして、生きたり死んだりしてるじゃないか。ぼくを見ろ。ぼくは自分の叔母を恋い慕い、それに立ち向かおうとしている。大人たちは不倫の一語で片付けるだろう。しかし、ぼくは今、ぼくのすぐ横で海を見ている原口恵子が、泣きたくなるほど好きなんだ。

「恵子姉ちゃん」

「なあに」

雄介は自分で恵子の名前を呼んでうろたえてしまった。語りかけるふんぎりはついていなかったのに、つい口から出てしまったのだ。雄介は勇を鼓した。

「お母さんのことじゃないんだけど。男が女を好きになるってさ……その反対でもいいんだけど……死ぬほど好きになるって……その先は、結局、結婚までいくのが本当なんだろうね？本当って変な言い方だけど、何ていうか、終わらないっていうか……」

「――――」

「ぼく……恵子姉ちゃんが、死ぬほど好きなんだ」

恵子が、薄明に白く浮かぶ顔を雄介に向けた。雄介も思い切って見返した。恵子の眼はまたゆるやかに暗い海のほうに戻り、しばらく沈黙が続いた。やがて恵子は静かに言った。

「私も、雄ちゃんが好きよ」
そのことばは、雄介の耳に、どんな解釈も要らない至福の音楽の調べに響いた。二人でこのまま手を取って、石段から海に降り、もう還ってこなくてもいいとさえ思った。しかし、至福の時は短かった。恵子の、自分の叔母の、落ち着いた声が聞こえてきた。

「でも、二人が結婚するなんて、考えただけでもおかしいでしょ」

「おかしい？」

「おかしくない？」

雄介は切り返され、問答に負けたような気にさせられて恵子から眼を離し、潮流の境目もほとんど見分けのつかなくなった暗い海を眺めた。早鞆の瀬戸は音を立てていた。明るいときには気付かない音だった。海底から持ち上がってきて、だんだん薄れ、水面で消えていくような感じの音が、ひっきりなしに聞こえてくる。

（ここで平家が滅んだ。八百年もまえにここで沈んだたくさんの死体は、まだ骨の形ぐらいはあるんだろうか。壇ノ浦は向こう岸だけど、今ぼくたちが立っている足許の近くにも死体が沈んでいるのかも知れない。この底から上がってくるようなかすかな音は、その怨霊なのか）

雄介は考えをそこに集中しようとしてみた。しかしそれもうわの空だった。意識はますます強く恵子に向かい、海を見つめる視界の隅で、暮れなずむ光の中に残る恵子の顔をとらえ、うなじをとらえ、肩をとらえ、肉体のすべてをとらえていた。

雄介の中には、「やっぱりおかしいよね」と笑って言おうとする自分もいた。ものも言わずに恵子を両の腕で引き寄せようとする自分もいた。叔母を好きになるなんて、という自分もいた。それはごく自然で正当だ！　と叫ぶ自分もいた。「私も、雄ちゃんが好きよ」、今しがた恵子の言ったことばの余韻が、雄介を陶酔させ、迷わせ、歓喜させ、疑わせていた。その本当の意味を探ろうとし、自分の「死ぬほど好きなんだ」という告白と同じ性質のものなのか、甥に対するあたりまえのことばなのかを計ろうとした。

（だれにでも言えることばなんだ……ぼく以外の人間にも言っていることばなんだ。お母さんにだって、洋二にだって、ぼくの知らない恵子姉ちゃんの職場の人たちにだって）、雄介の心に、対象の定まらない嫉妬の念がムラムラと湧いてきた。いろいろな男の顔をたぐり出し、会ったこともない男の顔まで想像した。

「私も、雄ちゃんが好きよ」などと言ってくれずに、さっきのような平手打ちをくれたほうがよかった。いや、そうじゃない。やっぱり……嬉しい。

「恵子姉ちゃん、だれか好きな男の人いるの？」と喉まで出かかった。それを少年の自尊心が押さえた。

次から次へと起こる想念の渦の中で、雄介の心は羅針盤を失ったまま、眼はただ潮の流れを追っていた。海鳴りはかすかに、しかしますます冴えて雄介の耳に響き続けた。

不意に雄介の耳に、あの「魔王」の音楽が聞こえてきた。それは海の底から聞こえてくるようだった。魔王がささやく。

「かわいい坊や、おいで。岸にはきれいな花がたくさん咲いているよ」

「かわいい坊や、おいでよ。娘さんたちと一緒に遊ばせてあげるよ」

もし魔王が、美しい原口恵子の姿を借りて現われているのだとしたら、ぼくの運命は死だ。それでもいい。死んでもいい。どうか、ぼくを誘惑してくれ。

恵子が、雄介の肩に腕を廻した。雄介は全身を硬直させた。そして、おびえにも似た不思議な気持を覚えた。次の瞬間、恵子は雄介の肩を優しげに叩き、ほほえんで言った。

「さあ、お家に帰ろ」

(そうじゃないんだ！　死んでもいいんだ！)

しかし、狂おしさを行動に示すには、雄介はあまりにも幼かった。家に帰ろうとさとす恵子に、雄介はいつのまにか素直に従っていた。二人は、二、三歩水に入れば潮流の渦に巻き込まれそうな和布刈の海辺に背を向けて歩き出した。

「恵子姉ちゃん」

「なあに」

「こういう歌、知ってる？」

「――？」

「ほととほと死にき　君かと思ひて」

「ほととほと死にき……」

恵子はつぶやいた。二人の顔は、お互いにほとんど見えないほど暗くなっていた。社務所から静かに現われた神官の白い装束が、暮色の中にほのかに浮いていた。

四

あくる朝、日曜日の習慣で雄介がいつもより二時間ほど遅く九時ごろ起きると、恵子の姿はすでに家の中にはなかった。

「恵子姉ちゃんは？」

つとめてなにげないそぶりで母に聞く。

「あ、何か組合の集まりに出なきゃいけないって、さっき帰ったわよ」

「ふーん」

雄介は、またさりげなさをよそおって自分の部屋に戻り、机に向かって読みさしの本をひろげた。そこは茶の間の母からは目が届かない。しかし、本を読むどころではない。

(日曜日でゆっくりできるから、きのう泊っていくって言ってたんじゃなかったかな)

(そうすると、予定していなかった変更だ。なぜ? 組合の集まりならまえからわかっていたはずだ。そうするとやっぱり……ぼくがゆうべ和布刈神社であんなことを言ったからか)

しかしあれから二人が家に帰って、みんなで夕食をしてから寝るまで、雄介に対する恵子の態度はいつもと変わらなかった。また、雄介の母の縁談を初めて打ち明けたわりには、弟や妹が寝たあとでも、恵子も母もそれを話題にしなかった。

(しかしあのあと、ぼくが一足先に寝てから、二人だけで話し込んだのかも知れない。母の縁談を聞いたときのぼくの反応。そして叔母に対する甥の告白……)

しかしその後も母は、自分の縁談のことや、恵子と雄介のことについても何も話す様子はなかった。雄介は、和布刈神社でのことを、恵子が母に話したかどうかを知りたかった。しかし、それを母に聞くわけにはいかない。

組合の会合というけれど、工場などならともかく、銀行の、しかも原口恵子のような若い女の社員がどうして出席しなければいけないのか。雄介にはそれもよくわからない。

組合といえば、今年の八月には、映画の東宝の争議が大変だったらしい。何でも、組合側がバリケードを築いて撮影所にたてこもり、それを二千人の武装警官が取り囲み、それにアメリカ軍の戦車に騎兵隊、さらに飛行機まで出動したとか。さすがは映画会社の争議だと、あのとき妙な感心の仕方をしたのを雄介は思い出した。

原口恵子のことから逃れようとして、雄介はわざとそんなことを考えてみる。今月に入ると、東京裁判で東条英機元首相以下七人に絞首刑の判決がくだった。

(六月だったか、新聞に、太宰治という作家の自殺が大きく載ったな。山崎富栄という女の人と一緒に玉川上水に投身して心中したらしい……)

梅雨どきの曇り空、湿った空気、玉川上水、大人の男と女、しかも夫婦でない男女——雄介の頭は、その雰囲気と情景を探ろうとする。

愛し合う男女の死……尾形雄介と原口恵子、水の流れ、関門海峡、和布刈神社でのあの夜の、引き込まれるような海鳴り、「魔王」の音楽……恵子の面影を頭から追い払うために、なるべく遠い外界のことを思いめぐらそうとしていた雄介は、早くもまた恵子の存在につかまってしまった。そして、中学三年の自分の身を、大人の、しかも高名な作家になぞらえ、今まで味わったことのない不思議な陶酔を覚えるのだった。

その後しばらく、恵子が雄介の家に顔を見せない日が続いた。本当はその日数は、それまでの間隔とくらべて特に長いものではなかったのだが、雄介には異常な長さに感じられた。

（やっぱり、嫌われてしまったんだ……）

家の近くでちょっとでも恵子を連想させるような女のうしろ姿に出くわすと、雄介の胸は高鳴り、そしてたちまちその分だけ気分が落ち込むのだった。

ほとほと死にき　君かと思ひて

（いっそ、学校の帰りに小倉まで行って、彼女の家を訪ねてみようか……）

しかし、そんなことをすればますます嫌われることになるだろう。今は、あのときの告白が彼女の心から薄れるまで、じっとしている以外に方法はない。

（しかしぼくはそんな状態にはとても耐えられない）

雄介の考えは行きつ戻りつしていた。

学校の勉強にも身が入らなくなったそんな日常を、とりあえず救ってくれたのは、ある日曜日、卒業を来春に控えた記念行事としておこなわれた、クラス対抗の野球大会だった。雄介はクラスの代表選手に選ばれ、五番バッターで一塁を守った。

十一月に入っても陰鬱な曇天が続いていた門司の空が、あと数日で師走というその日はカラリと晴れ渡り、雄介の気持も珍しくすっきりとすがすがしかった。

クラス対抗の種目に野球が決まったのは、生徒たちの投票の結果だった。隣の市の小倉高校が、去年甲子園で岐阜商業を破って優勝し、「優勝旗初めて関門海峡を渡る」と謳われ、しかも今年の夏に二連覇をとげたばかりなので、北九州各市の野球好きは、大人からこどもまで気分をよくしていた。

「福島投手は五試合完封やぞ。しかも、決勝の桐蔭戦はたったの八十球じゃ」

「福島も原捕手も、頭がいいんじゃ、頭が。小倉中学ちゅうたら、勉強でも昔から九州一の名門じゃけ」

こどもたちのあいだには、福島の軽やかでキビキビした投球フォームがひろまっていた。雄介も、野球は別にして、高校に進めるのなら小倉高校を受けたいと思っている。中学のトップクラスの連中しか合格しない名門であることに加えて、何といっても雄介にとっては原口恵子が住む小倉にある学校なのだった。

四対三で負けていた中盤で、走者を二人置いて逆転の三塁打を放ち、生徒だけでなく近所から見にきていた野球好きの大人や父兄たちからも大きな拍手を受けた雄介は、チームの攻撃が終わると最高の気分で一塁の守備に走った。一塁と三塁のラインからほんの二メートルほど隔てて荒縄が張ってあり、それに沿って生徒や大人たちが立って見物している。

「雄ちゃん」

背中のほうで声がした。ハッとして振り向くと、恵子がいた。雄介と眼が合うと、彼女はほほえんで控えめに拍手の仕草をした。雄介はかすかに笑ってすぐナインたちのほうに向きを変えたが、体中がジンジンと熱くなり、顔があかくなっていくのが自分でわかった。そして、きのうまでの自己嫌悪と絶望の果てに一挙に訪れた幸福と勝利のために、五感のすべてが一斉に晴れやかな歌を歌い出すのがわかった。だしぬけに滲んできた涙を、雄介は汗をぬぐうふりをして拭いた。

相手チームのランナーが二塁まで進んで、次のバッターがショートゴロを打った。ショートから雄介への送球がとんでもない高投になった。その一瞬、雄介の頭の中では試合の趨勢と恵子の存在が入り混って閃光を放った。ボールが彼女に当たる……思い切りジャンプした。足がベースに着いたとき、お粗末な帆布のグローブに球が収まっているのがわかった。また拍手が湧いた。

試合はその後たいした波瀾はなく、結局そのまま雄介のクラスが五対四で勝った。雄介はヒーローとなった。

もう一つの幸福が待っていた。野球大会が終わり、響灘や小倉・戸畑のほうの空がかすかに夕焼けの気配を見せ始めたとき、雄介のところに恵子が近づいてきて言ったのだ。

「雄ちゃん、疲れてなかったら映画見に行かない？　靖子姉さんには言ってきたから」

「何か、面白いのやってるの？」

どんな映画でも恵子となら一緒に行こうと思っていた雄介は、わざとぶっきらぼうに聞いた。

恵子は答えた。

「フランス映画の『美女と野獣』が面白そうなんだけど」

「いいよ」

二人は肩を並べて歩き出した。雄介は、すでに恵子より頭一つだけ背が高くなっている。

映画は二人の期待にたがわず面白かった。ジャン・コクトーとかいう詩人が、フランスの童話をもとにこさえた映画だそうである。一人の美女が、心優しい野獣のためにつくし、野獣はりりしい王子の姿に戻り、二人は手を取り合って雲の上の王城に飛び立つ。

雄介は、太宰治の死のときと同じように、自分と恵子の姿を銀幕の美男美女、ジャン・マレーとジョゼット・デイに仮託していた。

雄介は、かつてなかった心の昂揚に身のおののくのを覚えながら、映画館の暗闇ですぐ隣に坐っている若い叔母の、ぼんやりと浮くシルエットを眼の隅で追い、彼女の肌と、衣服と、髪の毛の匂いを求め続けていた。

五

その年も師走に入ったある日、学校が臨時休校になったので雄介は朝から小倉のほうにアルバイトに出た。休校は前日に言い渡されたもので、何でも先生たちの組合活動に関係があるらしかった。生徒たちにとって理由は何でもよかった。思いがけない一日の息抜きにみんな浮き浮きし、それぞれ映画を見に行ったり、野球やピンポンに興じたり、友だちの家に集まってトランプをしたり、だれかの親父の広辞林の周りに集まって性に関する単語熟語を尻取りのように拾いまくって知識を貯えたりしているのに違いなかった。しかし雄介は、数人の友だちと一緒に、小倉の魚町商店街の一角で、そろそろ立派な様式を取り戻し始めている正月の注連縄《しめなわ》などの装飾品を点検整理するアルバイトに出かけた。そして五時に仕事を終えて日当をもらうと、門司に帰る友だちと別れ、商店街の近くの、原口恵子が勤めている銀行に寄った。母から恵子に渡すものを頼まれていたのだ。恵子を銀行に訪ねるのは初めてのことだった。

通用門を通されて宿直室で待っていると、紺の上っぱりを着た女の行員や、セビロに袖カバーを当てた男たちが、忙しげに引っきりなしに出入りした。立ったままお茶を飲んだり、落ち着かない態度でタバコを二、三服吹かしたり、雄介をジロリと眺めたりしては、あたふたと営業室のほうに消えて行く。

「おい、今日、組合の分会やぞ」

「おれ、今日はちょっと……」

などというやりとりも聞こえた。やがて、オーバーコートに身を包んだ姿が、一人、二人と通用門から帰り始めた。

しばらくして、原口恵子が宿直室に現われ、雄介ににっこり笑いかけた。彼女はまだ紺の事務服を着たままだった。何となくキビキビしているように見え、雄介の家にいるときよりも大人っぽく映った。

恵子は二つの茶碗に茶を注ぎ、一つを黙って雄介に渡した。帰り支度をした一人の男が宿直室の外から恵子に声をかけた。

「原口さん、遅れんようにね」

「はい」

「弟さん?」

「いいえ、甥です」

「ほうほう」

続いてもう一人のセビロが室内に入ってきて、

「おケイちゃん、先に行っとるよ」

と言いながら、恵子の肩をポンと叩いて出て行った。

雄介は、自分が何か急に別世界にまぎれ込んできて適応できない動物になった感じがした。綿ぼこりのように漂う大人たちの話し声が、耳に厚い膜ができたように遠のいて聞こえる。雄介は早々にお茶を飲み、母からことづかった衣類の入った袋を恵子に渡して帰ろうとした。すると恵子が言った。

「雄ちゃん、アルバイトでおなかすいたでしょ。一緒にちょっとサークルに出てみない?」

「サークル?」

「そう、みんなで食べ物を持ち寄っておしゃべりするの。雄ちゃんはもちろん食べるだけでいいのよ。着替えてくるから待っててね」

雄介は、さっき恵子に気安く「おケイちゃん」と呼びかけて肩を叩いた男を思い出した。あんな、けしからん態度の男が一緒のところには行きたくないな、と思いながら、恵子と一緒にいる幸せのほうを選ぶことにした。それに腹もペコペコだった。

八畳間に十人以上の男女が膝を寄せ合って車座をつくり、ときどき弾けるような笑いが飛んでいる。床の間には真新しい電蓄《でんちく》が置いてあり、反対の壁際には、ガラスのはまった古くて貫緑のある書棚が三つ並んでいて、本がギッシリつまっている。

恵子に連れられて銀行から十五分ほど歩いてきたその家は、朝日新聞西部本社の裏手の砂津という住宅地の一角にあった。表札には徳丸とあり、恵子の話では、この家の次男が銀行に勤めていて、組合の青年婦人部のリーダーをしているとのことだった。

サンドイッチ、いなり寿司、のり巻きなどが車座の真ん中に敷いた紙の上に盛られ、その周りにコップや茶碗や灰皿などがてんでに散らばり、一升瓶やウイスキーの瓶が何本か立っている。タバコの煙がもうもうと立ちこめ、アルコールの匂いが雄介の鼻にツンと突き刺さる。雄介は恵子と隣の男の斜めうしろに坐って車座から即《つ》かず離れずの位置を占め、この汚濁した空気から少しでも逃れようと顔をそむけ、息をつめ、恵子の取ってくれた食べ物を黙々と噛みくだしていた。

大人たちの話は、わからないところが多く、何でも来年の青年婦人部活動をどうするかとか、機関紙の編集内容をどうするかといったことが多かった。「ゼンギンレン」「チュウシツ」など、雄介にはさっぱりわからないことばが飛び交う。何回も聞いているうちにやっと「全銀連」「中執」だと想像できるようになった。やがて話題は文学や政治に向かっていくようだった。雄介にも話の筋がわかるようになった。エレンブルグだとか、ルイ・アラゴンだとか外国人の名前が盛んに飛び出す。転勤してきた人間も何人かいるらしく、ことばも、土地のことば、東京弁、関西弁などごっちゃである。

恵子はほとんどしゃべらなかった。雄介はそのことに何かしら安心してうしろに坐っていた。というのは、議論の空気が何となく軽薄で空廻りしているように思えたからである。難解なことばが乱れ飛ぶわりには深みが感じられず、パサパサしていた。だれかがいくら喋っても全体のまとまりや形が見えてこず、砂の山を少し積んでは崩しているようだった。いずれも二十代のようで、女は恵子のほかに三人いたが、彼女たちも含めて、とにかく一言口を挟まないと落ち着かないといった様子で盛んにしゃべっていた。

恵子は「恵子さん」と呼ばれたり「おケイさん」「おケイちゃん」と呼ばれたりして人気があるようだった。リーダーの徳丸だけは「原口さん」と呼んでいた。雄介の感じでは、無口な恵子が男たちに一番人気があるようだった。そして男たちの中では、徳丸がわりあい無口でみんなの発言の聞き役になり、議論の方向を何とかまとめようとしていた。雄介は、恵子を「原口さん」とあらたまって呼ぶ徳丸が、このグループの中では無口同士でかえって恵子と近い距離にいて呼吸が合っているように感じた。

「おい、原口君。あ、原口じゃなかったか。尾形君だったな。きみも、もうちょっと中に入れよ」

一人の男が雄介に言った。真っ平ごめんだ、こんな席に割り込むなんて。もう帰ろう、と思って腰を浮かしかけたとき、別の一人が言った。

「今日は保護者がおるけん、よかろうが。どうや、一杯ぐらい試してみんか。なあ、おケイさん」

恵子が雄介を振り向いてほほえみ、「どう?」という眼つきをした。雄介は驚いた。今まで恵子のうしろにいて気がつかなかったのだが、色白い恵子の頰と眼の縁が、桃の花びらのように染まっていて、眼がうるんだ光を帯びていた。雄介は一瞬たじろいだ。しかし恵子が背中を押したので膝を進めて割り込んだ。タバコの煙と酒の匂いが、今まで以上に強く、じかに雄介の眼や鼻を襲った。あらためて何人かの顔を見廻すと、酔顔もあり、醒めた顔もあったが、雄介の眼には一様に疲れてすさんで見えた。

(しかし、これが大人の愉しさなのかも知れない。恵子姉ちゃんはどうなんだろう。きっといやいや出ているのに違いない。それともやっぱり愉しんでいるのだろうか。門司のぼくの家に来るときより愉しいのだろうか)

雄介は、自分の知らない恵子の世界を初めて見る思いがした。隣で膝を触れ合っている恵子が、雄介の手の届かない世界にいるような気がした。

隣の男がウイスキーの小さなふたに注いだ液体を雄介に突き出した。思わず鼻孔を縮めたくなるような強烈な匂いがした。ふたを手に取った。雄介の見たことのない色だった。琥珀《こはく》色というのか、べっこう色というのか、澄んだ液体が、小刻みにふるえる雄介の掌の上で揺れている。死んだ父が飲んでいたのをのぞいて見たことがあるかも知れない。しかし憶えていない。

雄介はおそるおそるちょっぴり舐《な》めてみた。舌の先を刺すような感覚が走った。

「はい、お水」

恵子が雄介の前にコップを置いた。雄介は水を一口ふくみ、もう一度ウイスキーを舐めた。今度は少し味がした。三度目は少量をコクリと喉に送り込んでみた。喉の奥がピリッとしてあわてて水を飲んだ。

「いけそうじゃないか」

隣の男が、雄介が持つふたにウイスキーをいっぱいに注ぎ足した。

「雄ちゃん、無理しちゃだめよ」

「保護者」が言った。雄介の体の中はすでに熱くなり始めていた。少量のつもりだったのが、だいぶ飲んでしまったようだ。少しずつ気持が昂揚してくる。

「来年は高校生か。こないだ全学連も結成されたし、頑張れよ」

「おい、あれは大学生のやぞ」

「ばか、高校生のときから意識を確立してだな……」

そういう周りの声が少しもうろうと聞こえる。昂《たかぶ》って行く気分の中で、雄介の心はこう叫んでいた。

(恵子姉ちゃんもみんなも、おれのことをこども扱いするな!)

会はそろそろ終わりに近づいたらしく、一座がくつろいできた。徳丸が床の間の電蓄のふたをあけ、脇のレコード・ボックスの中を物色している。雄介は自分の勉強机の上の壁に飾ってある「魔王」を思い出した。彼の脳裡には、売り払った蓄音機の姿が浮かび、レコードがセットされ、針がおりた。あの不安におののく馬のひづめの音のようなピアノの連打が響き出した。一口のウイスキーにまだ胸が焼けついている。「わしはおまえが大好きだ。おまえの美しい姿にはぞくぞくする。力ずくでも連れていくぞ——」父が訳してくれた歌詞が浮かんだ。狂暴にも似た勇気が、入道雲のように湧いてきた。そのとき、一人の男の声が、遠くから異様に大きく聞こえた。

「おい、徳丸、おまえ、原口さんといつ結婚する気か。おれたちをじらさんと、早う発表せえよ」

徳丸はレコードを選ぶ手を止めて恵子を見た。そして恵子に問いかけるような眼をして笑った。歓声が挙がり、拍手が湧いた。

雄介は愕然とし、恵子の横顔から表情を読み取ろうとした。不快な顔つき、拒否のことばを期待した。

眼の縁を酒でほんのりと紅く染めていた恵子は、徳丸のほうを向いてほほえんでいた。雄介はもう一度、恵子の顔を少しまえからのぞいた。恵子の瞳はキラキラと輝き、まるで徳丸のことばを待ち受けているように雄介には見えた。二人のまなざしは、まぎれもなく愛を物語っていた。そして恵子は、すぐ隣にいて彼女を凝視している雄介の存在など、一向に気にしていないふうだった。

雄介は、手のふるえのためウイスキーがこぼれ、指先を冷たく濡らしているのに気付いた。衝動が走り、まだふたいっぱいに溢れていたウイスキーを、上を向いてひと口に呷《あお》った。喉を、火だるまになった小さな動物が駆け抜けたような気がした。冷たいのに熱かった。胸が内側から火傷を負ったように感じた。不意に、夏休みのアルバイトの硝子工場で目撃した山村幸江さんの胸の火傷が甦った。融解窯から鉄竿の先で取り出された、真っ赤でどろどろした硝子、不定形の灼熱の塊……それらが雄介の脳裡で火花となって飛び散り、目がくらみ、気が遠のいていくように覚えた。

「いい飲みっぷりだ」

という声が聞こえた。雄介には、そのとき初めて恵子が雄介に気付き、驚いた顔をしたのが見えた。雄介は恵子に何か叫んだつもりだったが、自分の声もわからない状態で畳に顔をうつぶせてしまった。すぐ近くに恵子の顔が迫り、耳許で声がした。

「何よ、これっぽっちで。雄ちゃん、しっかり」

頬を撫でる恵子の髪の匂いがし、自分を抱きかかえる恵子の柔らかい体を背中に感じた。不思議な心地よさの一方で、雄介の喉の奥から何か不快な塊が突き上げてきた。それを押し戻そう押し戻そうとしながら、雄介の心は叫んでいた。

「これっぽっちだって？　何がこれっぽっちだ！　恵子姉ちゃんなんかにわかるもんか」

眩暈がし、胸をかきむしりたくなるような気持の中で雄介は、吐くまい、断じて吐くまいと念じ続けていた。

夜行列車

一

動かない部屋にいるはずなのに、ゴトゴトと動いているような気がする。膝頭に、冷たい風がしのび寄った。ほら、やっぱりそうだ。列車の連結器の隙間から吹いてくる風だ。

「おい、鬼塚、うたた寝すると風邪ひくぞ」

その声にぼくは眼をあけ、両腕で囲って机の上のノートに埋めていた頭を上げた。操り人形が上体をピョクンと起こすような動作になってしまって、ちょっと恥ずかしかった。

「早いな。今日は」

ぼくは山中一弥の顔を見上げて言った。ゴトゴトという音は山中の靴の音だったらしい。やっぱり汽車のなかではなかったか。

「うん、実はおれも、最後の西洋中世史の講義でうとうとしかけてな、そっと抜け出してきた」

山中は、ここの大学の文科一類の一年生である。ぼくはここの学生ではない。十日間ほどのもぐりである。

「ふとんに入って少し寝たらどうだ。おれが起こしてやるよ」

「いや、いい。眠り込んでたわけじゃないんだ」

「どうだ。もう大体準備はできたんだろ」

「うん、大体はね」

いつのまにか外光が弱まっていて、電灯を灯していない室内が薄暗くなっている。ぼくは、うすら寒さにビクッと一度身ぶるいした。ぼくの鼻に、この大部屋のかび臭さと、ここに起居している六人の男たちの匂いが甦ってきた。大人になりかけている人間の、ちょっとすえたような匂いである。

ぼくは靴を脱いで、足の指先をてのひらで包み込んだ。氷のように冷たい。上京するときにはいてきて、爪先がパクリとあいてしまったので物入れに放り込んでおいた革靴を、一年ぶりぐらいに取り出してはいている。東京に来てから新しいのを一足買ったのだが、二週間まえ、二月十四日の大雪で台無しにしてしまった。

あの日の雪は凄かった。氷砂糖を細かく砕いたような硬質の雪が強風に舞い、窓という窓にこびりついた。人びとの出勤や通学の時間には、積雪が三十センチ以上に達した。ラジオによると、電車はほとんど動いていないという。ぼくの正式な住まいである荻窪の寮では、でかけるかどうか、みんな迷っていたが、結局は勤勉さが勝った。ぼくたち九州出身の連中には、それに加えて好奇心が働いた。山以外ではこんな大雪はだれも経験していない。雪に埋もれた街を歩くのも面白かろう。

ぼくもみんなに釣られて、勤め先のお茶の水まで荻窪から歩くことにした。昼近くにはお茶の水に着いたが、本革であるはずの靴の底が、こどもの頃工作で使った馬糞紙のような繊維を露出して平べったく伸びていて、ぼくの気分をみじめなものにした。多分、ウソ革の表面に薄い本革を貼ってあったのだろう。ぼくは、闇市の名残をとどめた大井町の露店で、懐ぐあいを考えて躊躇《ちゅうちょ》するぼくを励ますように言った靴屋のおやじの、タバコのやにに茶色になった歯並びを思い出した。

「学生さん、ウソじゃないよ。本革だよ。いまどきこんな靴が二百四十円で手に入るかい。さあ、頑張りな。学生さん、あんたもアレの経験あるだろ。ショートで五百円、その半分以下で本革を何年もはけるんだ。もっともアレも本革だけどね」

「ショートって?」

「アレ?　あんた、まだ童貞かい」

おやじが、アレ、アレ、と言っているあいだに、ぼくはポケットから金を出して二百四十円を数えていた。

「おおきに。学生さん、頑張んなよ」

悪そうなおやじではなかったのに。あるいは、おやじもあの靴底を全部本革だと思い込んでいたのかも知れない。

——まあ仕方がないな。戦争が終わって五年しか経ってないのに、全部本革の新品がそうザラにあるはずはない。何だって一皮むけば曖昧なんだ。民主主義だって……。

ぼくはあの雪の日、妙な納得の仕方で、みじめになっていた気分を慰めようとしていたのだった。

それで、いまは爪先の割れた靴なのだ。しかし、これは紛れもない本革、戦前の靴で、おやじがはいていた物である。

「おい、本当におまえに迷惑はかからんだろうな」

ぼくは、いまさらあまり意味のないことを山中に聞いた。

「かからんさ。心配せんで自分のことをやれ」

去年の六月に朝鮮戦争が勃発し、それをきっかけに野坂参三や徳田球一などの共産党幹部が公職追放処分になり、逮捕状が出て地下に潜行した。それから大学教授や公務員を主として、あいつぐレッドパージが始まった。

共産党も負けてはいない。つい先日開かれた第四回全国協議会で、平和革命方式に対する去年のコミンフォルムの批判を受けて、武装闘争方針を固めた。しかしもちろん非合法だから、その準備はすべて地下活動だ。秘密の指令や出版物は、どこにあるかわからない中央から、どこにいるかわからない地区の細胞へと伝わる。一つでもアジトが割れると、ことだ。全学連のなかで目立つ党員は、それまでの下宿やアパートを引き払って、つぎつぎ居所をくらまし始めた。

ここの大学は警察から特にマークされている。偽の寮生になりすまして山中の部屋にもぐり込んでいるぼくが、もし当局にみつかったら、山中もただではすまないのではないか。山中だけでなく、ぼくのもぐりを黙認している同室の他の五人も。

ぼくは、さっき生協でバラで三本買ってきたタバコの「光」の一本に火をつけた。山中はタバコは吸わない。ぼくは一服を深く吸い込み、鼻と口から吐き出して言った。

「いっそ、おれも、細胞の一人で潜入していたほうがスリルがあったな」

山中は無言で苦笑した。

ぼくが身を隠すべき相手は警察ではなかった。勤め先の上司や同僚である。ぼくは、革命の主義主張などという壮大な目的のためではなく、自分一人の小さな目標のためにここにもぐり込んでいるのである。

二年まえ、この学校の正門の大きな表札が、第一高等学校から東京大学教養学部に変わり、鉄の扉の柏の紋様は昔のままだが、学生たちの服の釦《ボタン》や襟章は銀杏《いちょう》のマークになった。

正門を入って時計台を右に折れた突き当りに、北から明、北、中、南の四棟の学生寮がある。黄土色の壁におおわれたコンクリートの三階建てで、往時としては瀟洒《しょうしゃ》な近代建築だったのだろうが、いまでは古色蒼然としている。各階の窓の上に突き出て一直線に走るひさしは、寮雨と称する窓からの立小便の永年の伝統によって、かびが生え、じめじめとした暗緑色に変わっている。ここは、そのうちの中寮の二階の一室である。室内は、建物の外観よりもさらに古色蒼然とし、床も壁も天井も、備えつけのベッドも、初めはどんな色だったのか想像できないまでに、一様に黒ずんだ灰色と化している。

山中一弥が自分の机の上のスタンドを灯した。黒ずんだ灰色の一角が黄色味を帯びる。ぼくは山中に言った。

「おい、明日の日響のコンサートは、やっぱりおまえと行こう」

「え？　いいのか、おまえ、受験直前に」

「いいさ。かえって気分がスカッとする」

「そりゃまあ、ローゼンストックの戦後初の指揮だからなあ。聴きには行きたいけど。ええと、曲目は何だっけ」

「ベートーベンのレオノーレ序曲三番と、英雄だ」

「うーん、いいなあ。しかし、野際日出子さんは本当にいいのか」

「いいよ。やっぱり、いま彼女と行くと危ないしな。それに、彼女に嘘がばれるのも何となく……」

「それもそうだな。じゃ、行かせてもらおうか」

「ああ」

ぼくは軽く応じながら、大げさにいえば娑婆から姿をくらまして旧一高の寮に潜んでいる自分の不安定な立場を、ちょっぴり振り返っていた。

ぼくがいま籍を置いている会社で月給を取っていることと、夜間の大学ではない東大を受験することとは矛盾する。月給を除いては一文無しのぼくは、あらかじめ会社をスッパリやめてから受験する余裕も勇気もなかった。それで嘘の理由で休暇を取って山中のところに潜入したのである。だから、うっかり都心に出て会社の人にみつかるとまずい。急な用で東京を離れ、くにに帰ったことになっているのだ。

しかし、野際日出子と行こうと思ってずっとまえに切符を買っておいた、この日響のコンサートだけは何としても聴きに行きたい。しかし、日出子にも本当のことは告げかねて姿をくらましたので、いまさら連絡を取るのも気がひけ、しかも彼女と一緒では目立ってしまうだろう。そこでまえから山中を誘っていた。

「しかしおまえ、みつからんようにせんとなあ。まあ、合格してしまえばあとの祭りだろうけど」

「平気だよ、暗くなってからだし、マスクでもしてれば」

そう答えながら、ぼくは、去年早稲田大学に入って党員になった篠田の言ったことを思い出した。彼は、共産党が非合法になってから、川崎近辺を担当する秘密連絡員になり、川崎駅界隈で地下印刷物やメモの受け渡しをやり始めた。

「いかにも変装でございと示しているような馬鹿がいる。つけ髭はだめだな。マスクも季節によっては目立ちすぎる。めがねは、それで人相が変わる奴と変わらん奴がいる。ハハハ、極意はおまえにも教えるわけにはいかんよ」

冬だからマスクは不自然ではあるまい。めがね……あるにこしたことはないが、この部屋でめがねをかけているのは、強い近視の久保だけで、それを借りるわけにはいかないし、新しく買う金などとてもない。

ああ、しかし、同じ変装をするにしても、篠田の目的と、おれの目的とでは、何と世界がちがうことか。彼は党のため人民のため、おれは自分一人の受験のため。一体、大学受験のために変装しなければならない奴なんて、ほかにいるだろうか。

そう考えてくると、ぼくは、自分のやろうとしていることが、ひどくつまらぬもののように思えた。おまえは、なぜそうまでして東大の受験なんかするのだ。それくらいなら、万難を排して去年やっておけばよかったのに……。

そんなことをチラと考えて黙り込んだぼくに、山中が言った。

「鬼塚、こうしよう。服装を取っかえるんだ。おまえがおれの学生服を着て角帽をかぶる。おれはおまえのジャンパーか、いや、それをまた田島かだれかと取っかえっこして着る」

「……偽の東大生か」

ぼくは、ちょっと躊躇した。しかし、もうすでに偽の寮生として生活しているではないか。

「まあ、そうさせてもらうか」

ぼくは力のない笑みを浮かべた。

やがて、同室の寮生たちがつぎつぎに戻ってきた。ぼくは一人一人に言う。

「おかえり」

それに対して、「やあ」とか「進んでますか」とか返すのもいるし、黙って笑顔を見せるのもいる。

田島武文・盛岡出身、畑山悟一・松山出身、原徳二郎・長野出身、久保修・萩出身、寺岡克

彦・佐賀出身、それに大分から出てきた山中とぼくである。みんなは山中からぼくの事情を聞き、ぼくのもぐりをこころよく認めてくれている。そして、ぼくの受験勉強に差し支えるほどには一緒の行動も話も強要せず、さりとてぼくには疎外感も感じさせず、ごく自然に振舞いながらぼくを励ましてくれている。

ベッドは六つしかないが、そのうちの二つをひっつけて、そこに山中と田島とぼくが何とか譲り合って寝ているのである。

「おい、だれか『人間』の二月号の野間宏の小説、読んだか」

「いや、何ちゅう題だ」

「真空ゾーン」

「ゾーン？　それは地帯のゾーンか」

「そうだ。軍隊の内部のことだ」

「それは知らんが、大岡昇平の『野火』もいいぞ。『展望』に連載を始めた」

「やっと出始めたな。軍隊ものの傑作が」

「やっぱり、映画の『きけ、わだつみの声』なんかより、ずしりと精神の内奥にこたえるのう」

「おまえ、文学と映画を安易に比較したらあかん」

そんなやりとりが、ぼくの耳に聞こえてくる。みんなぼくと同い歳だが、ぼくは彼らとのあいだにちょっぴり差を感ずる。彼らは一年まえに、受かるべき大学に受かって、悠々と読みたいものを読んでいるようだ。

――いや、焦るまい。焦ってはことを仕損じる。どうせおれも、もうすぐ彼らのように振舞えるようになる。

ぼくはそう思いながら、ふと別のことに考えが走った。

――しかし、今年おれがもしここに入れたとして、学費や生活費をどう捻出するかは、まだまったくあてがない。

田島武文が、灰皿のなかを物色し、二センチほどの吸い殻をつまみ出して針で突き刺し、口にくわえて火をつけた。

四月からの費用のことを考えたとき、ぼくの脳裡に父母の顔が浮かんだ。

――おやじに、あんな嘘の電報を打たせたが、おやじはどんな顔で頼信紙に字を書いただろう。

チチヤマヒオモシスクカヘレ　ハハ

ぼくは、参考書とノートに眼を落としながら、雑念が湧くのに任せていた。

「アチッ!」

田島の声がした。短い吸い殻を吸いすぎて、唇に火が迫ったらしい。

「田島さん、どうぞ」

ぼくは、バラで買った「光」の一本を差し出す。

「いや、いいですよ。まだ選び出せば、のべ一本ぐらいある」

「一本分吸うあいだに、唇に何回も火傷《やけど》したんじゃ、せっかくの男前が台無しだ」

「また、ひやかす。そいじゃ、御好意に甘えて」

田島は、ぼくの手から新品の「光」を受け取った。

渡り廊下を伝って食堂に行き、それぞれ思い思いの粗末な献立の夕食をすませて部屋に戻ると、みんな静かになって読書や勉学にふけり始めた。ぼくも参考書とノートに向かった。眼は冴えているが、勉強にはあまり集中できない。

さっき、山中が部屋に帰ってきたとき、机に頭をつけてうとうとしかけていて、何か部屋ごと列車のように動いていたような感じが甦ってきた。眼のまえの参考書やノートに頭を集中できないままに、ぼくの脳裡には、一年まえに山中と一緒に上京するために、大分から乗った超満員の夜行列車の情景が復活していた。

二

鹿児島発・東京行きの長距離列車が大分駅に停車するのは、午前四時頃である。東京に着くのは翌日の朝になる。

大分の市街は、その駅のほかは墨汁で塗りつぶされたように真っ暗だ。昭和二十五年の二月初め、ぼくと山中は真冬の深夜の冷気にさらされ、外套のなかの体を縮ませ、手に息を吹きかけたり、その手で耳たぶをおおったりしながらプラットフォームに並んでいた。ぼくも山中も、家族と離れての長旅や、家族と離れての生活は初めてである。

ぼくは、家の玄関の外まで見送りに出た父のことばを思い出した。

「未明が未明に門出か。こいつはいい」

ぼくの名前は鬼塚未明である。昭和六年の未年生れで、おまけに未明に産声を挙げたので、父がそう命名したという。

「ちょっと遅れとるな」

山中が腕時計を見て言った。ぼくは時計は持っていない。

——とにかく汽車に乗り込みさえすれば、ひとまずこの寒さからは解放されるだろう。汽車よ、早く来い。

やがて闇のかなたから、周囲と同じ漆黒《しっこく》の色をした列車が、白い蒸気を吐きながら頼もしい姿を現わした。しかし、そのなかに入れば暖かくなると思っていたぼくの期待は裏切られた。フォームに停車してドアが開いたときには、車内は超満員で降りる客もほとんどなく、通路も足の踏み場のない状態だった。入口から眺めて少し隙間がありそうなところは、立つのに疲れた人がしゃがみ込んでいる空間だった。ぼくと山中は仕方なしに、寒いデッキの一隅に荷物を置いてその上に腰を降ろした。そこも、ぼやぼやしていると他の客から占領されそうな混みぐあいである。

寒さから解放される期待は裏切られたばかりか、汽車が動き出すと、連結器のあたりからさし込む寒風と、足下から吹き上がる隙間風が加わった。ぼくと山中は、外套の襟を立て、高校の制帽を目深にかぶり、両腕で輪を作って頭を落とし、背中を丸めてトランクの上に縮まり、少しでも風をよける体勢を試みた。そうしてとにかく眠ろうとしたが、うとうとしかけては寒さと空腹のために目が覚めた。

山中が東大受験のために上京するのに対し、ぼくの上京は、サラリーマンだった父が、三年まえに財閥解体のあおりを受けた人員整理で突然解雇されたために、進学をあきらめて心ならずも就職するためのものだった。それがぼくの気持をいっそうさむざむとさせてもいるようだった。おまけに、ぼくは小さい頃から汽車に乗ったり見たりするのが大好きだったのに、その汽車に大事なところでひどい仕打ちを受け、裏切られたような気分になっている。

ぼくは眠られぬままに、その汽車とぼくとの関係が幸福だった時代のことを思い出していた。

汽車には、幼児の頃から小刻みだけどよく乗ったなあ。一番豪華だったのは、小学校二年で横浜から芦屋に引っ越すときだった。横浜駅から神戸駅まで、おやじ以下七人、特急つばめ号に乗った。そのあとも、そこから門司へ、門司から大分へと汽車に乗り、大分で小学校四年になったのだった。

特急つばめ号はよかったなあ。たしかおれたちのときの列車は、特急という字のまえに特別とか臨時とかがついていたんだ。どういう意味かというと、その列車には一等車がなくて最後尾の二等車が特別に展望車仕立てになっていたんだ。あの頃、三等車は赤、二等車は青、一等車は白のモールが黒褐色の車体に走っていて、おれの頭のなかのイメージは、赤は陸軍の兵隊さん、青は海軍将校、白は元帥や大将と、こうなっていたんだ。そしてそのときのつばめ号は青が一番偉くて、おれはそれに乗れたことに、嬉しさとともにちょっぴり照れくさい気持も抱いていたんだった。のちにおれが海軍将校を志すようになったのも、あのときの体験が影響していたのかも知れないな。

あれ、しかしおかしいな。後尾が展望車になっている車輌は、やっぱり一等車だけじゃなかったかなあ。だけど、おれたち兄弟は、自分の席からしょっちゅう展望デッキに足を運んでいたなあ。そうすると、一等車を通り抜けて行ってたのかな。だけど、そんな記憶はないし、たしか二等車にいたのもおれたち家族ぐらいのもので、展望デッキはおれたちで独占していたような気がする。

それはともかく、当時四十を少し過ぎたぐらいで、たいして偉くもなかったおやじが、一家六人を引き連れた転勤の汽車の旅に特急の二等を奮発したのは、きっと長女の照子姉にせがまれて負けたんだと思う。

照子姉は横浜の小学校六年で級長をやっていた。駅には先生以下クラス全員が見送りにくることになった。それで姉は恰好いいところを見せたくて、おやじに展望車を懇願したのだろう。おやじにとってはかなりの出費だったはずだ。

それにしてもあのときの見送りはたいしたものだったな。おやじの会社の人の見送りよりも、照子姉の見送りのことだ。クラスの三、四十人の女の子が男の先生に引率されて、プラットフォームに二列か三列に整然と並び、ガヤガヤもせず、姉とことばを交わすでもなく、押し黙ったまま発車を待っていた。そしてつばめ号が汽笛を鳴らして動き出すと、整列したまま先生の号令で一斉に頭を下げたんだ。あれには驚いたな。実際にはちょっとちがうかも知れないけど、おれの脳裡にはそういう絵として残っているんだ。おれは、照子姉がなんとか内親王で、ついでにおれが皇太子みたいに思えたもんだ。あのあと、経木の四角い小箱にぎっしりつまった、真っ黄色のアイスクリームを食べたっけな。

連結器のきしむ音と、鉄輪がレールの継ぎ目と接して発するカタンコトンという音をまぢかに受けながら、ぼくはとりとめもなく昔の絵を脳裡に甦らせていた。客車の室内の黄色っぽい灯火が、ぼくたちが占拠しているデッキのスペースにほの暗く及んでいる。

客車のドアがあいた。デッキのぼくたちは反射的に顔を上げる。次の駅でだれか降りるのだろうか。だとすればその分だけだれかが室内に入れる。

ドアからのぞいた顔は、旧陸軍の戦闘帽をかぶった、髭ぼうぼうの男だった。それに裾の長いカーキ色のマントをはおり、ひしゃげた軍靴の先が見える。復員してきたときのままのような恰好だ。男はドアをあけたまま、デッキのぼくたちを上からひとわたり眺め、「チェッ」と舌打ちして姿を引っ込めた。ドアが閉まる。多分彼は、室内のあまりの混雑さに、デッキのほうが少しは居心地がいいかと思って偵察に来たのだろう。

特急つばめ号に乗って横浜から芦屋に移った昭和十四年頃、こどものぼくには戦争の影はほとんどしのび寄っていなかった。家の周りも学校の周りも、どこに行っても広い空地や冒険心をそそる林に恵まれ、小学生たちは深い雑草を踏んでのびのびと遊んだ。そしてそこでは、汽車も友だちだった。

芦屋の社宅から学校に行く途中に、国鉄と阪急の二つの路線が走り、線路の両脇は草の生い茂る土手になっていた。ぼくたちは遊び疲れると、線路にかけ登り、腹這いになってレールに耳をつけ、息を殺す。やがて、かすかな連続音が耳に伝わり、だんだん確かな響きに変わる。そこで素早く線路を離れて、今度は土手に腹這いになる。その眼のすぐ先を、列車が轟音を残して通過する。

あの頃、汽車は仲のよい猛獣だった。恐ろしい勢いでこどもを威嚇しながら一直線に走り去り、こっちが身の引き方さえわきまえていれば、少しも危害を加えてこない愛すべき猛獣。そしてぼくは、父の転勤のたびに、その猛獣を手なずけながら、その背中や胸に乗って揺られて行くという満足感にひたっていたのだった。

その感じが少し変わったのは、戦争が深まり、出征兵士を駅に送りに行く回数が増え始めた頃だった。

母たち主婦が白い割烹着《かっぽうぎ》を着、たすきをかけ、広場に据えた大きな釜で御飯を炊き、おむすびをこさえてゆく。それが出征兵士たちに振舞われ、こどもたちにもおすそ分けが廻り、みんなで万歳を三唱し、それから兵士たちを中心に駅までぞろぞろ移動する。そこまでは、こどものぼくらに伝わる雰囲気は明るく賑やかなものだった。しかし、駅に着いて兵士たちが黒ぐろとした列車に乗り込み、窓から顔を出すと、プラットフォームの女の人たちが眼頭を押さえ始める。その姿に、ぼくも少ししんみりした気持になる。そして、ときどき白い蒸気を吐き出している機関車、それまで仲のよい遊び相手だった猛獣の頭が、急に冷酷で恐ろしい顔付きに見えてくる。それは、人間たちをむりやりどこか遠いところに連れ去ろうとする魔王である。ぼくの心に、それまでとちがって、黒く堅い鉄の塊に対するおびえが走るようになった。

山中はやっと、眠り込むことに成功したようだ。ぼくもそれに釣られるように少しうとうとし始めた。

大阪駅でだいぶ客が降りた。しかしプラットフォームには、降りる人以上の人数が乗り込むタイミングをうかがってひしめいていた。ぼくと山中は、その波が車内に押し寄せる直前に、やっと客車のなかに入り込み、中央近くの通路に場所を占めることができた。しかしそこでの窮屈さはデッキ以上だった。立っている人の脚や、しゃがみ込んでいる人の背中などが鼻の先にあり、ちょっと体勢を変えるのにも便所に立つのにも相当な決意と工夫を要した。ぼくと山中は、とうとう終着駅の東京まで座席にありつくことができず、通路に立ったりしゃがんだりを繰り返しながら、三十時間近く揺られて行った。

――あのとき、東京駅のプラットフォームに降り立った気持は何とも言えなかったなあ。空気がおいしく、体が自由で、さあもうすぐ足を伸ばして水平になって眠られるぞと思って、生き返った心地になったものだ。

ぼくは参考書とノートを閉じた。この調子では今夜はとても勉強に身は入るまい。

ぼくはそっとベッドにもぐり込んだ。すると、さっきまで頭のなかを占めていた列車の轟音に代って、明日の晩聴くことになる英雄交響曲の旋律が湧き起こった。それとともに、その音楽会場となる日比谷公会堂の茶褐色の外壁や、そのまえに開けている日比谷公園の佇《たたず》まいが脳裡に浮かんできた。

そしてついに、今日はいままで引っ込めておくことのできた野際日出子の顔がまぶたに浮かび、それが全身の像となり、ぼくの頭のなかをくまなくおおいつくし、消そうと思えば思うほど輪郭がくっきりとしてきた。

――野際さん、やっぱり会社をだまして東大受験なんかせず、あなたと音楽会に行ったほうがよかったのかな……。

三

山中と超満員の夜汽車に揺られて上京したぼくが、四月から働き始めた会社は、市中銀行のなかでも指折りの大友銀行である。一か月の研修ののち、ぼくは神田駿河台下のお茶の水支店に配属された。ぼくがこの職場を選んだのは、採用試験は九州でおこなわれるが、合格者は東京でも大阪でも希望する任地が認められたからだ。

——とにかく東京に出よう。そのための手段として、この条件は申し分ない。

ぼくは、東京に慣れながら一年間働いて学費を貯め、山中たち高校の同級生より一年遅れて東大に挑もうと思った。銀行の仕事がどんなものか、さっぱり見当がつかないが、普通の日は三時、土曜は正午に扉を閉めているし、ほかの職場より早く帰れそうだ、勉強の時間も作りやすいだろうと思っていた。

——かの小林多喜二も、北海道拓殖銀行に勤めながら小説を書き続けていたというではないか。

まったくぼくは、自分の才能も身のほどもわきまえずに、安易なことを考えていたものだ。いざお茶の水支店に配属されてみると、仕事がらくで早く帰れるだろうという期待は、完全に裏切られた。朝九時の開店から午後三時の閉店まで、客は途切れることなくロビーはいつもいっぱいで、月末などはそれこそあの満員列車の有様を思い出させた。どの行員の顔を見ても、客との応対に追われて息つく暇もなく、三時に扉が閉まるとやっと一息入れる。しかしそれからの事務が大変だ。客足に応じてふくれ上がった仕事の量は、五時になっても六時になっても片付かない。

ぼくが最初に配属されたのは、現金を扱う出納係で、その日の現金の帳尻が一円でも合わないと深夜になっても退社できなかった。ただ忙しいだけの残業とちがい、自分たちのミスを発見するための居残りだから、札束を数え直したり伝票を繰ったりする気持に、重苦しさがつきまとい、どの顔も陰鬱そうになった。

とんでもない職場に入ってしまったものだ、とぼくは思った。その忙しさが時代の反映であり、日本の経済復興の反映であることを理解するには、上京したてのぼくはあまりに何も知らなさすぎた。

六月に朝鮮戦争が勃発してから、忙しさは日を追って加わった。共産党の幹部がGHQによって大量追放されたり、金閣寺が放火で炎上したり、大学や職場でレッドパージの火の手が上がったりと物情騒然たるなかで、銀行の窓口は火事場の活気のような様相を呈した。

ぼくの所属するお茶の水支店の周辺は、大小の出版社や印刷所、それに書籍の取次店が集中している地域である。出版界もようやく景気の波に乗って活況を呈し、ぼくの眼には、銀行は現金や小切手や手形が乱舞する狂気のような忙しさを演ずる舞台のように見えた。

しかし、銀行の先輩や同僚の顔にはたいした不満の色もなく、むしろその忙しさに張り切っているようだった。いまの世ではかけがえのない安定した職場に恵まれているという面持ちがうかがえた。腰が据わっていないのはおれぐらいのものだ、とぼくは思った。

それは、仕事を終えて独身寮に帰ってからも同じだった。荻窪に新しい寮ができるまでは大井町の古い寮から通勤していたが、ぼくの部屋は、九州出身ばかり六人でかためた十二畳ほどの大部屋で、六人のうち二人が早稲田大学の夜学に通っていた。もちろん、卒業してからも銀行にとどまり、定年までまっとうしようという気構えである。ぼくは、ぼく以外のみんなに、腰の据わった態度を感じた。

――このままでは、おれも、職場や寮の人たちに影響を受け、東大受験の意志を捨てて、大友銀行にずるずる居ついてしまうのではなかろうか。

ぼくは不安になり、まにあう日が少ないことはわかっているのに、水道橋にある夜間の予備校に通うことにした。同室の仲間にだけはそのことを知らせたが、来年早稲田の夜間部を受ける準備だと嘘をついた。

お茶の水支店の同じ出納係には、ぼくより一年まえに高校を卒業して入社していた野際日出子がいた。ぼくが彼女に恋心を抱き始めたのは、そんな生活が続くさなかだった。

銀行に入って半年近く経ったある日の昼休み、ぼくは、寮で作ってくれた弁当を銀行の食堂で大急ぎでかき込むと、いつものように神田小川町の賑わいのなかに一人で出た。寮の弁当ではすぐ腹が減るので、近くの蕎麦屋に入り、外食券なしで食べられるようになった、一枚十五円のもり蕎麦を食べ、これも自由販売になってまもないタバコの「光」に火をつけ、それからすずらん通りの東京堂書店に足を向けた。この界隈には爆弾や焼夷弾はあまり落ちなかったのだろう。東京堂も三省堂も古い建物だし、表通りの古本屋街も戦前のまま残っているようだ。焼跡らしい空地も見当たらない。戦前や、敗戦直後の闇市時代の東京をぼくは知らないので何も言えないが、多分このあたりはそれほど変わっていないのだろう。大学生やサラリーマンや商人の行き交いで賑やかなわりには、どこか落ち着きがある。聖橋《ひじりばし》やニコライ堂のほうに行くと、なおさらそうだ。

ぼくは銀行の仕事には苦痛を感じていたが、この界隈の街の雰囲気は好きになり、昼休みの束の間に一人で歩き廻ることを楽しみとするようになっていた。

東京堂で書架から書架に移って本をパラパラめくっていると、

「鬼塚さん」

と声をかけられた。野際日出子だった。いままで彼女の紺の事務服の姿ばかり見慣れていたぼくの眼に、薄黄色のブラウスに身を包んだ姿がまぶしく映えた。

ぼくは、出納係の上っぱりを脱ぐと学生服である。ぼくだけではなく、入社して数か月は、どの支店でも高校卒で入った仲間はみんな学生服で通勤し、仕事場でもその姿でいた。しかしやがて一人二人と背広を新調し始め、夏の暑さが収まるとそれを着て通うようになった。ぼくの知る限り、同期の連中で詰襟姿のままなのはぼく一人である。このあいだも総務係長から、

「得意先から格安の背広を月賦で斡旋してあげるから、そろそろ学生服はやめになさい」と言われたが、ぼくは応じていない。第一、月賦にしても給料からは予算が組めない。もしそれだけの金があれば、もっと書物や映画や音楽会に当てたい。それに、十八や十九でまだとても背広を着る気分にはなれない。

――おれは背広が似合うようになるのが恐い。もし背広に腕を通してネクタイを締めたら、上京して大学に進む手段としてしか考えていなかった銀行という職場に、おれはますます染まって抜き差しならなくなるのではないか。

ぼくは総務係長へのせめてもの妥協策として、金釦を黒い釦に変えて目立たないようにした。で、いまもそれを着ている。

ぼくは野際日出子に笑い返し、本を閉じて近寄った。

「鬼塚さんが本屋にいると、もうまるで大学生ね」

ほめことばだろうか。それとも、この詰襟をひやかしているのだろうか。

「そうですか。何しろ幼稚だから」

「あら、大学生って幼稚？」

ぼくは答えに詰まった。

「もう時間ね」

同じ係で、彼女もぼくも今日は二交替制の昼休みの早番なのはお互いに聞かなくてもわかっている。二人は並んで、職場に向かって歩き始めた。急がなければならないのだが、ぼくはできるだけゆっくり歩きたかった。そのくせ、この急に胸が詰まるような気分から早く逃れたかった。

ぼくはいままでも野際日出子を、お茶の水支店では一番感じの好い女性だと思ってきた。第一きれいだし、そのきれいさを、他の人たちのように周囲に示そうとする、あるいは示そうとしないまでも、周囲からどう見られているかをいつも気にしている気配が、この人からはまったくうかがえない。おしゃべりではないけれど陽気なほうで、ときどき挙げる笑い声が、澄んで無邪気で気持がいい。

ぼくの彼女への感じは、いままではそんなものだった。仕事以外で二人きりになるのは初めてだ。そして、こんなに胸の詰まるような気分になったのも、生まれて初めてだ。

帰りの電車のなかでも、ぼくは野際日出子の容姿を想い浮かべ続けた。寮に帰って同室の連中と冗談を飛ばし合いながらも、彼女のことが頭から消えなかった。ふとんにもぐり込んでからも同じだった。ぼくは彼女の姿を、消そうと思いながらも一方では温め続けていた。

ぼくは、彼女と一緒に仕事ができるということだけで、毎朝の出勤が苦にならないようになった。仕事中のぼくに対する彼女の態度も、あれ以来うちとけたように感じ、そのなかにはぼくに対する何らかの好意も含まれているように感じた。

「鬼塚さんって、普通の人とちょっとちがう」

ある日のこと、客足が途切れて、みんなが持場持場でホッと一息ついているとき、たまたま隣で仕事をしていた野際日出子が、何かの話のつながりでぼくに言った。

「ちがうって……どう?」

「うまく言えないけど、いつも何か考えてるみたい」

「だって、人間はみんなそうじゃないかな」

「じゃ、普通の人と考えてることがちがうのかも知れないわね」

「ぼくは、自分では正気でないとは思ってないけど」

それを聞くと彼女はさもおかしそうに、澄んだ笑い声を立てた。周りの人たちが一斉に二人を見た。ぼくは何となく幸せな気持に包まれていった。あとでぼくは考えた。

――彼女がおれを普通の人とちがうと評したことは、おれへの何らかの関心を示した態度と考えていい。それは必ずしも、おれが背広を着ようとしないということだけではあるまい。あるいは彼女は、おれが来年、せっかく得たこの職場を捨ててまで東大を受けようとしている気持を、はっきりそれとわからないまでも感じ取っているのではあるまいか。そうすると「普通の人とちょっとちがう」とは、知性と言ってもいいようなものではなかろうか。

ぼくはそれをうぬぼれだと自省してみたが、そのうぬぼれ自体が楽しかった。ぼくは、この人だけには、来年東大を受験するということをそっと告げたい気にもなった。そんなことを考えながら、ぼくは、

「野際さんも、普通の人とちょっとちがう感じがする」

と返した。

「あら、どこが」

「何となく」

やりとりはそれで終わった。目のまえの仕事が急にまた忙しくなった。ぼくは、日出子に言えなかったことを、小切手の束やソロバンを動かしながら心のなかでつぶやいてみた。

――あなたが普通の人とちがうのは、ぼくがあなたに恋してしまったからだ。そして、あな

たがさっきぼくに言ったことばも、できれば同じ意味であってくれ。

数日後、日比谷公会堂にクラシック音楽を聴きに行こうというぼくの誘いを、日出子はためらわず、にこやかに受け入れた。それまでの何日か、ぼくは迷い続け、ていよく断られる場面を想像し、優柔不断を重ねてきた。それだけに、あまりのあっけなさに一瞬驚き、そのあとで嬉しさの波がドッと押し寄せた。

晩秋の夕暮れの日比谷公園、シューマンとリストの、才気溢れて澄んだ音色。公会堂から出ると、ぼくが何も言わないのに日出子はぼくを銀座に誘い、上京してから一度も食べたことのなかったにぎり鮨を御馳走してくれた。ランデブーの始めから終わりまで、ぼくは日出子に語りたいことはたくさんあるはずなのに、語り得ることばを持たなかった。ただ黙って日出子と歩いた。日出子も口数は多くなかった。しかしぼくの固さにくらべると、一歳上の女としてのゆとりと柔らかみを感じた。ぼくは彼女をますます美しいと思い始めていた。

寮に帰ると、同室の五人は夜学も含めてみんな帰って寝ていた。ぼくは部屋の隅の、屑籠から屑が溢れて畳三分の一ほどの山ができている脇に、せんべいぶとんをのべ、静かにもぐり込んだ。そして掛けぶとんに頭を突っ込み、顔をくしゃくしゃにして、声を立てずに精いっぱいの歓喜の笑顔を作り、体全体を胎児のように丸めた。

翌朝、お茶の水支店に出勤して更衣ロッカーで上っぱりを着ていると、二年先輩の為替係の男がぼくに近寄って言った。

「いかがでしたかな、ゆうべの音楽会は」

そしてぼくの反応を楽しむような笑いを浮かべた。ぼくは内心ビクッとした。この人か、あるいはだれかが音楽会に行っていて、ぼくと日出子の姿を見たらしい。ちょっと驚いたぼくの気持は、しかしすぐ誇らしさに変わった。むしろ、この職場で最年少のぼくが、だれもが一番の美人と認める野際日出子と二人で音楽会に行って食事をしたことを、みんなに知ってもらっていいとさえ思った。

「ええ、なかなかいい演奏でしたよ」

ぼくはそれだけにとどめた。

しばらく間を置いて男が言ったことばは、ぼくの誇らしい気持をたちまち地に叩き落とした。

「忠告しとくけどな。野際日出子はまえから、貸付係の東大出の学士さんと、相思相愛の仲だとよ。ハハハ、よけいなお節介だったかな」

貸付係？　杉山泰三さんだ。ぼくより五つ上の男だ。

「たしかにお節介です。ぼくには関係ありません」

「ハハハ、ムキになったな。純情な奴だ。まあ杉山さんと張り合っても勝ちめはないぞ。相手はエリートの幹部候補生だ」

「――」

「それより鬼塚君、きみはもう少し男同士のつきあいを大事にしろよ。もうすぐ二十歳だろ」

「いいえ、まだ一年あります」

「すぐじゃないか。今度一杯やろう」

「酒は飲めません」

「だから飲めるようにしてやるって。女は？　ハハハ、こいつはやぼな質問だな」

ぼくは答えなかった。女――それが遊里の女を指していることはぼくにもわかっていた。しかし、この男がなにげなく「おんな」と言ったとき、ぼくの脳裡ではまったくちがうイメージに転化していた。おんな――野際日出子。一瞬、ぼくは狂おしいほど日出子を追い求めたい気持に駆られた。

それからもぼくは、日出子を三回ほど音楽会に誘った。そのたびに日出子は気持よく応じた。昼休みが一緒になると、近くの音楽喫茶に二人で入ることもあった。そうしながらぼくは、杉山泰三と彼女の関係にさりげなく注意を払っていたが、二人で外を歩いているところも、職場のなかで二人で話しているところさえも見ることはなかった。また、ぼくに対する杉山の態度にも何もおかしな変化はなかった。ぼくは杉山の存在をつねにちょっと気にしながらも、毎日の出勤が日出子と会えることで弾みを帯び、受験勉強にも不思議に精が出るという、妙な均衡を得るようになった。そういう状態で昭和二十五年が暮れた。年が改まって半月ほど経つと、ぼくはかねてからの計画どおり父に手紙をしたためた。


上京してちょうど一年です。朝鮮戦争は小康というのか膠着《こうちゃく》というのか、少し下火になりましたが、マッカーサーがどう出るか予断を許しませんね。東京の復興は、建物も、人の動きも、金の動きもめざましく、五年まえまでの戦争が嘘のようです。

さて、そのなかで小さな存在のぼくのことですが、とりあえず東京に出て生活力を貯える手段として大友銀行という職場を選んだものの、銀行の仕事は腰掛け気分ではできないことを痛感しています。女の人たちも眼の色を変えて働いています。しかしそれだけに、職業の安定性と給与水準は他より優れています。

だから、寄らば大樹の蔭ということばに従うべきかと思うこともありますが、やはりぼくはいまでも、学問の道をあきらめきれないのです。

父に手紙を書きながら、ぼくは、職業の安定性と高い給与水準への未練が、何かほかのものの代りに文面に表れていることを自覚している。野際日出子への未練である。

とはいえ、東大は難関です。不合格の場合を考えると、いまの職場とのはしごをあらかじめ外してしまうのは得策ではありません。そこで、職場には心ならずも事実を隠し、理由をこさえて十日ほど休暇を取り、山中一弥のいる寮にもぐり込むことにしました。入試まえに少なくとも一週間は集中して準備する必要があるからです。そして考えられる理由は、どうしてもくにに帰らなければならなくなったということ以外にありません。

そこでお願いです。お父さんが明日をも知れぬ病床に伏したという電報を、なるべく切迫感のある文面で打っていただきたいのです。

ここまで書き終えて、ぼくは父に少し気の毒になった。息子からの要請とはいえ、みずからの偽装の重病について気持よくペンを取ることはできまい。

しかし、電報はちょうどよいタイミングで、入試の始まる八日まえに届いた。

チチヤマヒオモシスクカヘレ　ハハ

ぼくは、係長にその電報を見せるのもかえって芝居がかっていると思い、結局、文面を開かずに手にしたまま、ことの次第を述べた。

「そうか、それは心配だな。お父さんはおいくつだ」

「五十六です」

「まだお若いんだな。いままでにもあったのか」

「はあ、二年ほどまえ、胃から血を吐いたことがあります」

それは事実だった。

「どうもこの電報では、どんな程度なのか、重病なのか重態なのかよくわかりません」

ぼくはそう言いながら、結局電報を係長に開いて見せた。

「ふーん、月末で仕事も大変だけど、とにかくすぐ帰ってこいよ。もし長引きそうだったら、葉書か簡単な手紙をよこしなさい」

「長引くというと、何日ぐらいですか」

「そうだな、往復を含めて五日以上になりそうな場合だな」

がっかりした。たった五日か。しかしそれくらいが常識というものだろう。

ぼくは、また偽装工作をしなければならなかった。今度はぼくの手で係長宛の手紙を書き、一旦それを大分の家まで送り、大分の消印で係長宛に送らせることにした。

——犯罪だ。しかし、仕方がない。

当然、お茶の水支店や独身寮のすべての人に、聞かれれば嘘をつくことになった。

日出子にだけは本当のことを打ち明けておきたい。ぼくは何度もそう思った。その前提で、入試直前の日だが聴き逃したくない日響のコンサートの券を二枚買ってある。しかしぼくは最後まで迷った。そして当日まで来た。

日出子は、ぼくと係長とのやりとりを近くで聞いていた。そして、

「お父さん、お大事にね」

と言った。ぼくは、銀行を出るまでに二人で話す機会が生まれないものかと思案した。

本当のことを告げ、日比谷公会堂での密会を約束する。もちろんぼくは変装する。ぼくを知っているだれにも見られてはならないスリルに満ちた状況での逢い引きを想像すると、日出子への想いがますますつのるのを覚えた。そしてその状況が実現すれば、二人でいままでとはくらべものにならない危ない橋を渡ったということで、二人だけの秘めた領域がひろがり、彼女にもぼくに対する何らかの気持が生まれるのだろう。

——そしてその気持は、もう一歩でおれへの特別な感情、つまり愛に転じてくれるだろう。

しかし、とうとう二人だけになるチャンスはなかったし、ぼくには、あえてそれを告げる場

を作る勇気がなかった。

――終わったら彼女にすべてを聞いてもらおう。そしてできれば、東大合格という晴れがましい話題を持って。

ぼくは、みんなが注視するなかを、あらかじめ用意してきたトランクを持って通用門を出た。そして犯罪者が周囲に眼を配るような意識で駿河台の坂を登り、お茶の水から駒場をめざした。

四

コンサートは超満員だった。当日売りの立席の聴衆が、通路や階段をぎっしり埋めた。ぼくは、山中の背に隠れるようにしてうつむきかげんに歩き、無事に席に腰掛けてからも一度も左右に顔を向けず、客席が暗くなるまで角帽を脱がなかった。そして鼻の頭からあごまでかかる大きなガーゼのマスク、これなら見破られることはあるまい。山中も心得ていて、ぼくにあまり口をきかない。

久しぶりにローゼンストックの棒に率いられた日本交響楽団は、さすがに堂々たる英雄交響曲を奏した。ぼくは、何回もレコードで聴いたその旋律や和音の重層が、細部まで澄んできらめく音に彫琢《ちょうたく》され、じかに耳に達するこころよさに陶酔し、しばらくは他のすべてのことが、頭から消し飛んでいた。

うち続くアンコールの拍手もようやく終わり、座席や通路の人たちが立ち上がり、ざわめきや咳や深い息の音が漂い始めると、ぼくはふたたび現実に戻り、警戒心が復活し、角帽を深くかぶり、うつむいて席を立った。

――人の波が収まったあとで出たほうがいいか。いや、そのほうがかえって目立つか。

ぼくは結局、自然に順番が来たあたりで、山中と一緒に出口に向かった。

一度だけ顔を上げて、控えめに左右を見廻した。そして、七、八メートル右手に坐っていた一組の男女が頃合いを見計らって腰を上げ、ぼくと山中が並んでいる通路に座席を横伝いに近づき始めたのを見て、ぼくは心臓が早鐘のように打ち鳴らされるのを覚えた。

野際日出子と、杉山泰三だった。お互いにほほえみ交わしながら、何かしゃべっている。ぼくはあわてて顔をそむけ、彼らより少しでも距離をあけようと急ぎ足になった。その一方で、危険を冒してでも距離を詰め、二人の会話を少しでも聞き取りたいとも思った。マスクの下のぼくの顔は、多分真っ赤になっていただろう。ぼくの頭のなかは、得体の知れない熱風に吹きまくられたように乱れ、言い表しようのない嫉妬が渦巻いていた。

――二十四歳の東大出の幹部候補生と、十九歳で彼女より歳下の高校出のでっち小僧では、所詮勝負にはならん。

――その杉山が出た東大に、今年入れるかどうかもわからず、入れたとしても金の続く成算はなく、それでいて友人の角帽をかぶっている偽学生。

ぼくは、衝動的に帽子を脱いだ。そして、マスクを取ってうしろを振り返り日出子を睨みつけたくなった。しかし、すんでのところで思いとどまった。

人の流れが速くなった。ぼくは山中と眼配せし、大股で出口に向かった。

「よし、それじゃ、もう太鼓判じゃないか」

「いやいや、問題は明日の生物だ」

「いくら苦手だといっても、半分はできるだろ。そしたらもう絶対合格だよ」

駒場の中寮では、三月に入ってやっと春めいた日射しが窓辺を明るくしている。部屋にはぼくと山中だけである。

英語、数学、物理、これはぼくはまえから得意な科目で、ヤマも当たり、時間が余った。国語と西洋史は、予想外にいりくんだ難問が出て格闘したが、それでもどうやらすべての答案を埋めた。

ぼくは、山中が設問やぼくの解答をこと細かに聞かない配慮を嬉しく感じている。記憶のすべてを再現して二人で子細に吟味し始めると、正解を確認するよりも、気付かなかったミスが明るみに出るほうが多いだろう。とにかく終わったことは、大ざっぱに摑んでおけばいい。

「あの音楽会は、やっぱりおまえにとってよかったんだよ」

山中のことばにぼくは笑いを返しながら、日出子と杉山の仲のよさそうな姿を思い出していた。

生物は予想以上の不出来に終わった。自分で答案用紙に何を書いているのかわからない始末だった。全体として当落すれすれか、あるいは最後の科目の生物が決定的なダメージになって……。

しかし、山中にありのままに言うのは、せっかく今日まで寮へのもぐりを認めて励ましてくれた彼に悪いと思い、予想をやや下廻ったという報告にとどめた。

夕方になると、同室の他の五人も戻ってきて、山中の述べる予想にみんな明るい顔をし、ぼくを祝福した。

「鬼塚さん、発表の日はコンパの用意をして待っとるけんね」

「いやあ、下駄をはくまではわかりませんよ」

ぼくはみんなに簡単に礼を述べ、再会を約して、「娑婆」へと戻るべくドアをあけた。

係長から、支店長室に行くように言われて、ドアをノックして入ると、なかにいるのは支店長ではなく次長だった。

「掛けたまえ」

ぼくは何かいやな予感を覚えた。

「お父さんは、お元気になられたって？」

「はあ、おかげさまで」

そのとたん、次長の烈しい声が飛んだ。

「嘘をつくのもいいかげんにせい」

ぼくはドキリとした。

「大分に帰っていたはずのきみを、日比谷公会堂で見かけたという人がいる。幽霊だったのかな」

日出子……杉山……まさか。

「だれがそんなことを」

「どうなのかね。日比谷にいたのかね。いなかったのかね」

「いました」

ぼくはすでにあきらめていた。次長は少し間を置いて言った。

「きみを見たと言ってくれたのは、取引先の人だ。だれかは言えんがね。きみ、角帽とマスクぐらいで人の目を欺《あざむ》けると思ってるのかね」

「――」

「すぐ大分支店に調べてもらった。お父さんは病に伏せてなどいなかったし、きみの姿もとうとう見かけなかったと」

「――」

「どこに行ってた。何をしてたんだ。この月末月初の忙しさを、みんなで汗水垂らし力を合わせて乗り切ろうとしてるときに」

「申し訳ありません」

「質問に答えなさい」

「駒場の東大の寮にいました」

「駒場？　一体何の用だ」

「受験です」

次長は口を半開きにし、ぼくの顔をまじまじと見た。しばらくして、仕事が終わったらもう一度来るようにとぼくに命じた。

支店長室を出て広い営業室を縫い、出納係の自分の席に着くまで、みんなの顔がそっと自分に注がれ続けているのを感じた。ぼくはだれの顔も見ず、だれにもものを言わず、そしてみんなもぼくに何も言わなかった。

野際日出子も黙々と仕事に取り組んでいた。およその噂はすでに店内に流れている気配である。

――野際さん、嘘をついてごめん。しかしぼくのことをどう思う。

ぼくは心のなかで日出子に問い続けていた。そして、この気まずさも一時の我慢だと思った。ぼくは多分、東大に合格するだろう。


「見通しはどうかね。自信は」

「五分五分です。ただ、一度は受けてみたかったんです」

今度は支店長室には、支店長、次長、それにぼくの直属の出納係長がいる。支店長だけが口をきいていて、語り口はおだやかである。

「通ったらもちろん入学する。落ちたらまたここで働く。そう思っているのかな」

「いいえ、みなさんに嘘をついた以上、もうここにいられるとは思っていません」

「どうする」

「まだ決めていません」

「係長はね、今度のことがあるまでのきみの働きぶりをおおいにほめている。今度のことはまだ本店には報告していないし、しないつもりだ。二度とこんなことをしないと誓うなら、とどまってよろしい。どうかね」

「――」

「合格した場合も、大友銀行と東大を天秤にかけて冷静に考えたほうがいいぞ。これからは学歴よりも実力の時代だ。せっかく得た、またとない職場じゃないか」

ぼくは、支店長の優しげな、ものわかりのいい態度を、自分の立場を考えての懐柔策だと思った。入社一年の解雇者を出しては、自分の名折れになる。

「二兎を追う者は一兎をも得ず。鬼塚君、大友銀行に徹しなさい」

教訓なんか聞きたくない、とぼくは叫びたくなった。

「きみは罰が当たったんだ。どういう罰かわかるかね。わたしたちに隠しごとをしたということより、お父さんを嘘でも重病人にしてしまった罰だ」

それは当たっている。ぼくもそれには、ひけめと、うしろめたさを感じ続けてきた。

しばらく黙り込んだあとで、ぼくは言った。

「おことばはありがたいですが、やっぱり辞めさせていただきます」

それから二、三のやりとりがあったが、ぼくは解雇の希望を通した。

「馬鹿な奴だ」

支店長は吐き捨てるように言った。そして付け加えた。

「本当はわたしはね、きみが日比谷公会堂に変装をして現われたと聞いたとき、てっきり共産党のフラクだったのかと思った」

ああ、そうだったとしたら、ぼくもどんなにいさぎよい顔を、あなたに見せることができたか。ぼくはそう思いながら、早稲田の全学連で秘密連絡員をしている篠田を思い出し、彼のことばを思い出した。「いかにも変装でございと示しているような馬鹿がいる」「変装の極意はおまえにも教えるわけにいかんよ」

ぼくは、支店長のことばを、痛烈な皮肉と感じた。「それぐらいの使命を帯びているのかと思ったら、何だ、たかが受験だったのか」

ぼくは言いようのない敗北感に包まれたまま、支店長室を出た。

解雇の扱いは、懲戒ではなく依願とされた。

合格発表の掲示板に、ぼくの受験番号はなかった。ぼくは、悲喜こもごもの声が挙がる人波をかき分けて、中寮に足を進めた。途中でふと思いつき、生協に立ち寄って、一本五円のピースを六本買った。

部屋は無人だった。最初訪れたときのように、灰色にくすんだ空間に、かび臭さと、何人もの体臭がすえてこびりついたような匂いが漂っていた。ぼくは、六つの机の上に、ピースを一本ずつ置いていった。それを、みんなへの別れの挨拶とした。

四月十五日、ぼくは東京駅を午後七時に発つ東海道線下り鹿児島行きの列車に乗った。

一年まえに上京したときとちがい、今度は始発駅の東京で乗ったので、ぼくは客席に腰を降ろすことができた。窓の外はすっかり暮れて、車内の薄暗く黄色い灯火が落ち着きを与えてくれる。

「学生さん、恐れ入りますが、この荷物を網棚に上げていただけますか」

斜め向かいの席の、小柄で品のいい老女がぼくに言う。ぼくは風呂敷包を受け取りながら言った。

「ぼく、学生じゃないんです」

「あら、学生服を着ていらっしゃるから」

無理もない。しかし、黒い釦の学校はどこにもないだろう。

「お勤めですか」

「いや、勤めでもありません」

「はあ……」

老女はしばらく口ごもっていたが、またぼくに問いかけた。

「おくにへお帰りですか」

「ええ」

「どちらですか」

わずらわしい感じはしなかった。語り口が静かで、眼に優しさがあった。

「大分です。別府の一つ先の」

「そうですか。わたくしは広島まで参ります。どうぞよろしくお願いします」

「こちらこそ」

何かゆったりした汽車の旅になりそうだ。

横浜を過ぎた。ぼくは、小学校二年のときに乗った特急つばめ号のことを思い出した。

——小さいときから小刻みに汽車に乗り、西へ西へと転校を重ねたおれだったが、去年、山中と大分から乗った夜行列車の長距離の旅は、それまでの小刻みな移動を一挙にリカバーして東上した旅だった。そしていままた、一挙に振り出しに戻る、か。

ふと、野際日出子の顔が脳裡に浮かんだ。しかし、彼女に対するぼくの気持はいつのまにか淡白なものになっていた。窓際にもたれて、外の闇のなかを飛び去ってゆく灯火を眺め、列車の振動に体を預けていると、東京での一年間のできごとが、つぎつぎに体から洗い落とされてゆくような気がする。

老女が首をコトリと傾けた。ぼくもひと眠りしようと思う。

陽炎《かげろう》球場

一

昼下がりのローカル球場、夜来の雨が上がり、おだやかな陽光がグラウンドから水蒸気を立ち昇らせ、芝と土の匂いを、ライトスタンドの最前列で頬杖をついているぼくの鼻腔に運ぶ。ぼくはたまらなくなり、膝までしかない低いフェンスを飛び越えて、外野の芝生に降り立つ。芝草に含まれていた水滴が跳ね、ぼくのスニーカーを濡らす。

大阪ファルコンズ対横浜ベイスターズのオープン戦のゲームはすでに始まっている。ぼくは、遠いかなたのホームプレートに眼をやり、ピッチャーとバッターの動静に注意を払いながらかがみ込む。そして、両のてのひらで芝草を撫でる。露が、てのひらをひんやりと心地よく濡らす。

ぼくは立ち上がり、守備の体勢のまねをする。すぐ鼻の先に、ベイスターズの右翼手グレン・ブラッグスの大きな背中がある。白地にマリンブルーのストライプのユニフォーム、44の背番号、芝を踏む彼のスパイクも露に濡れて、神々しいといいたくなる光を放っている。ぼくは、彼のプレーの邪魔にならないように、後ろに下がってフェンスぎりぎりに立つ。

ピッチャーはまだセットポジションに入っていない。ブラッグスが、フェンスとの距離を確かめるように、ちらりと後ろを振り向く。ぼくと眼が合う。ぼくは笑顔で挨拶する。ブラッグスはかすかにうなずき、すぐに前を向く。そして、プレートを踏むピッチャーに躰《からだ》のリズムを合わせ、前かがみになりながら後ろのぼくにつぶやくように言う。

「やつは、こっちに打つぞ」

「ぼくもそんな気がします」

「邪魔するなよ」

「わかってます」

「きみはいくつだ」

「十五歳です」

「野球をやってるようだな」

「はい、中学のピッチャーで四番打者です」

それっきり、二人は黙り込む。

百メートル近いかなたで、カン！　と乾いた音が響く。打球が凄い速さで、ブラッグスとぼくの右前方に飛んでくる。二塁走者がスタートする。ブラッグスの躰はすでに右前方に素早く反応している。ぼくも彼に合わせて右前方へ走る。打球は二塁手の頭上を越え、外野の芝に躍り込んでくる。ワンバウンドした打球をブラッグスの左手のグローブが捕らえる。ぼくの耳にジンという音が伝わった瞬間、彼の右手に握られたボールはバックホームへ。クッという吐息とともにボールが放たれ、踏ん張った左脚のスパイクの先が芝土にめり込む。一九三センチの長身が左前方に傾く。

たった今、ホームからどんどん大きくなって飛んできた白球は、今度はどんどん小さくなって一直線にホームへ。キャッチャーが左脚でブロックしている姿が見える。ランナーがスライディングに移る。二人がぶつかる。

二秒後、審判の右手のこぶしが上がり、ドアを二、三回激しく叩くような仕草でアウトを告げる。

ぼくは、ブラッグスに近寄って言う。

「ナイスプレー」

ブラッグスはぼくを見ず、内野のほうに顔を向けたまま小声で答える。

「ありがとう、けど、今のは別にどうってことないよ」

そして、彼のプレーをほめたたえる内野のチームメイトたちに、グローブを控えめにかざしてこたえる。

この一連の動きが収まると、今度はぼくの鼻腔に、たった今ブラッグスのグローブと打球が摩擦したあとの革の匂いと、彼の躰からかすかに滲み出たらしい汗の匂いが訪れる。そしてまた、芝草と土の匂い——。

今泉善雄は、頬杖をやめて背を伸ばした。

こんな夢想にふけるのは初めてではない。春先のローカル球場の、観客もまばらな、こぢんまりとした外野席に腰を降ろし、眼下にひろがる外野のフィールドの青あおとした芝を見ていると、今泉は、一番近くにいるプレーヤーとの一体感に包まれ、ついこんな夢想のとりこになってしまう。そんなときはいつのまにか少年に戻っている。

いつからか、日本の西南地方での春先のオープン戦を、毎年一つか二つは見に来るようになった。長期の天気予報の推移を、何日かかけて慎重に検討し、会社を二日ほど休み、東京から夜行列車に乗る。

カードは、去年までは東京レパーズのからんでいるものに決めていた。プロ野球選手の中では今泉の唯一の友人である村沢雄一郎がレパーズにいたからである。しかし、その村沢が去年のシーズンが終わるとトレードに出され、今年から大阪ファルコンズでプレーすることになった。そこで今年はまず、ファルコンズ対ベイスターズのカードを選んだのである。

会社を二日休み、妻子を家に置いてオープン戦を見に旅に出ることを、今泉はひそかに「春一番の贅沢」と呼んでいる。以前、村沢にもそう言ったことがある。「ローカル球場の外野席でのんびりビールでも飲みながら、おまえたちプロの洗練されたゲームを愉しむのはこたえられないね。オープン戦ではまだ細かい作戦はないし、プレーヤー一人ひとりののびのびした技が見られる。まあ、やってるおまえたちはのびのびどころか、一軍のポジションを取るのに必死だろうけどね。のびのびと必死、そこがいい。そういうプレーを見るのは、女とデートしてフランス料理を食うとか、温泉につかりに行くとかなんかより、おれにとっては春一番の贅沢なんだよ」「おまえも意地悪な男だな」

そんなやりとりをした覚えがある。

ところが、今日はその村沢がファルコンズの先発メンバーから洩れているのである。申し分のない日和と申し分のない環境に身を置き、プロのプレーヤーたちの洗練されたプレーを愉しむなかで、それだけが今泉の気持を少し曇らせている。

ゲームは三回に入ったところだ。村沢は中盤あたりで出てくるのかも知れない。今年からファルコンズに加わった大事なヴェテランということで、監督が少し休ませることにしたのかとニングを三回、九回に巻き返して逆転勝ちをおさめている。

村沢は東京レパーズのラッキー・ボーイ、十五年以上もファイターズ、レパーズと渡りあるいた中堅だ。普通ならもう引退してもおかしくない年齢である。

今泉は考えてみる。

しかしそれなら、先発させておいて後半に交替させるのが普通ではあるまいか。現にきのうまでは、五番ライトで先発していたのを、今泉は新聞で確かめている。

オープン戦のスケジュールも半ばを過ぎた今の時期には、どのチームも、少なくともクリーンアップについてはペナントレースで不動とたのむ打線で臨んでいる。

オープン戦に入って、村沢の打棒がいちじるしくスランプだったか。そんなことはない。個人についてもチームについてもオープン戦の数字はあてにならないとはいえ、村沢は、きのうまでの十ゲームほどで三割近く打っているし、ホームランも確か二本放っている。

今泉がいつもライトスタンドに席を占めるのは、もちろん村沢がライトを守るからである。

今日も村沢は、試合前のシートノックでは二人の若手とともにライトでノックを受けていた。

眼が合えば今泉は手を挙げようと思っていたが、村沢は気が付かなかったようだ。

今泉は、はるか遠くの三塁側のファルコンズのベンチに眼を凝らしてみた。遠いのと、ベンチが日陰になっていて暗いので、村沢がどこにいるのか、よくわからない。

東京レパーズの右翼手と中軸打者のレギュラーの座を十年近くも占めていた村沢が、三十代半ばになってトレードに出された経緯を、今泉はあまり詳しくは村沢から聞いていない。ファルコンズの先発級と中継ぎの二人の若手投手との交換トレードだった。

新聞やテレビがそのニュースを伝える前日に、今泉は村沢から電話をもらった。

「おまえには事前に言っておかないと怒られるからな」

翌日の新聞はスポーツ紙も含めて、トレードの内容をわりあい淡々とした扱いで報じた。今泉は駅で数紙を買って眼を通してみたが、大物プレーヤーの移籍のときに、特にスポーツ紙をよく賑わす、球団と選手の軋轢《あつれき》や本人の葛藤《かっとう》などについての記事は見当たらなかった。今泉はそのことに救われる気持だった。村沢は実力は一流だが、彼自身も、彼の所属していた東京レパーズも、どちらかというと地味なイメージを与える存在である。野球のプレー以外のことで、村沢がマスコミにとりあげられたことは、まずない。

トレードが発表された翌日の夜、今泉は村沢の家を二年ぶりに訪れた。六年前に世田谷の等々力《とどろき》に新築した、プロ野球の一流打者にふさわしい瀟洒《しょうしゃ》な家である。そして、その村沢にも瀟洒な家にもふさわしく美しい三津子夫人が、玄関に出迎えに出てくれた。

村沢は、奥の居間でブランデーを飲んでいた。

「どうなんだ、心境は」

「心境か、来るものが来たというところだね」

「いやに落ち着いてるな。球団から、ちゃんとした説明はあったのか」

「説明？　いや、別に。それに、説明なんてないほうがいいよ、こういうことは」

「そんなものかね」

「何にしても、人から弁解を聞かされるのはあんまり気持いいもんじゃないしね」

「弁解……か」

「そうだろう、こういうことは説明すればするほど弁解になる」

「なるほど」

球団の代表がその辺の呼吸をわきまえていたかどうかはわからないが、村沢への事前の打診では、ただ「大阪ファルコンズがきみを欲しがっている。任せてくれるか」といったことだったらしい。

「まあ、レパーズのほうがピッチャーを補強したいと思ったのが先だと、おれは思うけどね。ま、そんなこと、どっちでもいい」

と村沢は言った。

村沢が入団した頃には球界有数の充実した投手陣を誇っていた東京レパーズも、最近ガタが来ているという様子は、素人の今泉にも感じられた。

今泉が本当に知りたいことも、まず大阪ファルコンズがヴェテラン村沢の打力を欲しがったのか、それとも、まず東京レパーズがファルコンズの若い投手を欲しがったのかということだった。前者であれば、今泉も友人の一人として今度のトレードに納得できる。しかし村沢が自分で推測するように後者であれば……。

「いやに達観してるな」

今泉は思わずそう言った。

——おれの前で、あるいは三津子夫人に対して、悩みや弱味を見せまいとして、わざとクールに振舞っているのではないか。

そんな気持がしたからだ。

「達観なんてしてないよ」

村沢の表情が一瞬険しくなり、そしてすぐに和《やわ》らいだ。

「どこであれ、今のところおれができるのは、そしてやりたいのは野球だけなんだから。トレードは、来年もそれをやっていいよというサインなんだよ」

「うーん……」

「今年限りでクビになった奴らもいる。しかしおれはクビじゃないんだ。それに……」

と言いかけて村沢は含み笑いをした。

「それに、何だ」

「おまえの生きてる社会の、栄転とか左遷とか出向とかとは違うんだよ」

「おれは別に……」

「嘘つけ。おまえはおれのトレードを左遷だと思って心配して来てくれた」

「……」

「それはありがたいが、心配御無用。左遷でも栄転でもない。真っ白のユニフォームだろうがタテジマのユニフォームだろうが、とにかくプロの選手として力と技を売るのが、おれたちのジョブなんだからな」

「わかったよ、心配なんか何もしないことにするよ」

つねづね寡黙な村沢が、この夜は珍しく饒舌《じょうぜつ》だった。ブランデーのせいだろうか。いや、それだけではあるまい。トレードを通告されていくらも経たない日の夜のことだ。気のおけない友人を前にして、村沢は、心の鬱屈を吐き出そうとし、しかし、プロ野球の一流プレーヤーとしての矜持《きょうじ》がどこかに宿り、親友に対してもつとめてスマートに振舞おうとしたのではないか。

村沢夫妻に玄関まで送られて歩き出してから、今泉の胸に村沢のことばが甦ってきた。

「おまえの生きてる社会の、栄転とか左遷とか出向とかとは違うんだよ」

今泉は、あのとき即座に「そんなこと、おまえから言われなくてもわかってるよ」と返さなかったことを残念に思った。

――一度は同じ会社に同時に入ったおれとおまえだが、おまえは自分一人の力と技しか通用しない生き方を選んだ。

——おれは、そうしたくてもできなかった。そして会社の同僚たちと、栄転とか左遷といったことをよく話題にしている。

ライトスタンドで、今泉は短い時間、あのときの村沢とのやりとりを思い出していた。ゲームは後半の六回に入った。背番号29の村沢はまだ出てこない。ベンチでの位置も確認できない。

——何かあったのか……。

またベイスターズの守備になり、ブラッグスの精悍《せいかん》な姿が今泉のすぐ足下まで近寄り、そして、ホームのほうにくるりと向きを変えた。

今泉は、またいつのまにか夢想にふけってゆく。

ぼくは今度は、ブラッグスの左後方に降り立つ。ああ、スニーカーから足裏に伝わる、この芝の優しい感触。

ぼくはフェンス沿いにさらに左に移り、ライトのポールの真下に立つ。ホームプレートまでまっすぐに引かれた白いファールライン、その両脇の、腕の立つ理髪師が刈り揃えたような芝、フェンス際の土、この白・緑・茶の佇《たたず》まいのすべてが美しい。

真っ白なファールラインは、二つの不思議のくにを往還する国境だ。このラインを境に、ある人にとって一つのくにで生じた幸運は、他のある人にとっては不運となり、もう一つのくにで生じた不運は、幸運となる。

その国境の終点であるポールの真下にぼくは立っている。国境の反対の終点では、今しもファルコンズの左の強打者がスタンスを固め、バットを構える姿が見える。

ブラッグスが、こころもちぼくのほうに近寄ってくる。ぼくは邪魔にならないようにフェンスにへばりつき、ブラッグスに負けないように全運動神経を瞬時に発動できるように集中する。情けないことだが、緊張に鳥肌が立つ。ぼくは緊張を和らげようとして、バッターを注視したままブラッグスに小声で言う。

「こっちに来そうですね」

ブラッグスもバッターを見たまま答える。

「わかってるよ、次の一球だ」

彼のスパイクのつま先に体重がしなやかにかかるのがわかる。

ああ、至福のとき、とぼくは感じる。このうえなく美しい空間で、全神経を集中させ、何かが確実に起こるのを待ち受ける一瞬。ぼくは、プレーヤーと同じグラウンド・レベルに足をつけ、プレーヤーの至近で、冴えざえとした緊張を分かち合っているのだ。

ファルコンズの左打者がバットを一閃する。ぼくとブラッグスの思っていたとおり、こっちに飛んでくる。今度はライナーではなく、大きなフライだ。打球は蒼さを増した天空高く弧を描き、きらきらと白銀に光りながらぼくらの頭上に舞い降りてくる。ぼくは思わずうっとりと見とれる。それから気がついて叫ぶ。

「ブラッグス、バックバック！」

もちろん、ブラッグスはすでにフェンスぎりぎりにバックして、フェンスに背をあずけている。

一瞬、一九三センチの長身が、信じられない高さまで弓なりにジャンプする。その先のまっすぐに伸びた左腕が後ろにしなう。ブラッグスの脚がグラウンドに降り立つ。グローブに白球が収まっている。

ぼくは無我夢中で「ナイスキャッチ！　スーパープレー！」などと叫ぶ。ブラッグスは、ボールを二塁手に投げたあとでグローブを膝にポンポンと当て、ぼくに向かって言う。

「本当に邪魔なフェンスだよ」

おや、一塁の塁審が球審にタイムのジェスチャーをし、こっちに走ってくる。

しまった、今のナイスプレーに興奮して我を忘れたあまり、ぼくの陽炎《かげろう》の忍術がきかなくなっているのだ。

「おい、きみ、どこから入ったんだ。すぐ出なさい。ゲーム中なんだぞ」

「知ってます。ぼくも一緒にゲームをやりたくて」

「無茶言うんじゃない。プロがやってるんだぞ」

「だから、です」

「きみは一体、いくつだ」

「十五です」

「わかるだろ、外野の定員は三人なんだ」

「ぼくは、本当はかげろうなんです」

「かげろう? 何を言っとる」

ぼくは、すぐに警備員を呼んだりしないこの初老の審判のことを気に入り始めている。それとも案外、ぼくの陽炎の術は、この慧眼《けいがん》の審判にだけ見破られているのかも知れない。それとブラッグス。

その証拠に、まわりではだれも騒ぎ出してなどいない。きっと、審判とブラッグスが何かやりとりしているように見えるのだろう。

ぼくはアピールする。

「絶対にプレーの邪魔はしませんから。ねえ、そうでしょ、ブラッグスさん」

ブラッグスが審判に言う。

「邪魔にはなりませんよ。いい子ですよ。ベースボールをよく知っているし。遊ばせておいていいんじゃないですか」

「いや、見つけた以上、ぼくとしては困る」

一塁塁審が手間取っているのにしびれを切らしたらしく、球審と二塁塁審がこっちに小走りに駆けてくる姿が見える。ぼくは急いで一塁塁審に言う。

「蝶々だと思ってください」

それを耳にしたブラッグスが呵々《かか》と笑い、モーツァルトのメロディで歌い出す。

「もう飛ぶまいぞ、この蝶々……」

球審が駆け寄ってくる。

「どうしたんですか、犬井さん、ブラッグスに何か……」

「いや、蝶々が」

「え……?」

犬井さんが、蝶々を追うような手つきをする。

「あ、逃げたらしい。いや、OKです。プレーを再開しましょう」

ぼくとブラッグスは、顔を見合わせてにやりと笑う。ぼくは、背中を見せて足早に立ち去る犬井さんに心のなかで言う。

「ありがとう、犬井さん。犬井さんのこと、大好きです」


空の蒼さが薄まり、西のほうがだいだい色に染まり始まる頃、ゲームは終わった。

大阪ファルコンズの背番号29村沢雄一郎は、とうとう代打にも登場しなかった。それだけを気にしながら、今泉は、ライトスタンドの最前列に腰を降ろしている。

両チームのユニフォーム姿はフィールドからすっかり消え、内野席を中心に三千人ほどは入っていた観客も数えるほどになり、数人のグラウンド・キーパーが内野の土をトンボでならしている。

今泉は、ゲームが終わって潮が引くように眼のまえのものが消えてゆくいっときも、大好きだ。暮れゆく空と、静まりゆく大地と、自分が、大気にすっぽりと包まれている一体感。これが大都会の大球場だと、ましてドームなんかだと、そういうひとときは愉しめない。完全に人工的な空間には、潮が引いてゆくのを見るような、自然の現象をほうふつとさせるものはない。

今、このローカル球場では、すべてが自然である。だいだい色に染まり始めた空には、白球に代って鳥が飛んでいる。芝も土も、西日を受けてかすかにだいだい色を帯びてくる。春とはいえ日没近くの肌寒い風が首筋を掃く。そして、わずかな物音を残した静寂。

ついさっきまで、二百数十球の白球の軌跡が、ベースボールという奇蹟を現出し続けていた空間、その空間が、その奇蹟の一部でもあり、その名残であるかのような静寂に包まれている。

今泉はようやく立ち上がった。

ゲームは面白かった。会社を休んで東京から夜行列車でやってきた「春一番の贅沢」なりのことはあった。しかし、村沢は出なかった。

ここ数年、今泉は村沢の姿を、ほとんど球場でしか見ることができなくなっている。お互いに年賀状や、まれにかかる電話などで「一度一杯やろう」と言いながら、ついそのままに打ち過ぎてきた。おまけに今年からは村沢は大阪住まいである。トレード話を聞いて今泉が村沢の家を訪ねたのは実に久しぶりで、それ以来まだ会っていない。

せっかく来たのだ。宿舎のホテルを訪ねてみようか。

それには少しためらいもあった。村沢が出場しなかった理由によっては、「せっかく、おまえのプレーを見に来たのに」と言うのが、彼のプライドを傷つけることになるかも知れない。それかといって、そのことに触れないのもかえって不自然でわざとらしい。来なかったことにしてこのまま帰るか。

迷った末に今泉は、ホテルに電話をかけることにした。村沢が外出できるなら、どこか居酒屋ででも一杯やろう。

「ファルコンズの村沢雄一郎君の友人で今泉といいますが、呼んでいただけますか」

しばらく待たされたあとで、電話口の相手が替わった。中年の男の声だ。

「村沢選手は、ここにはおりません」

「は……何時頃帰るかわかりませんか」

「いや、ここはもう引き揚げたんです」

「というと……」

「明日から二軍に合流するのでね、二時間ほど前に出ました」

二

今泉が大学を出て東邦製鉄に入社し、研修を経てまず配属されたのは、総務部広報課だった。

まず課長から聞かれた。

「今泉君、野球は好きかい」

「はい、大好きです」

「経験は？」

「中学では野球部にいました」

「軟式だな」

いつもそう言われるのが今泉は残念だった。今泉は、硬式を使う本格的な野球はやったことがない。少年時代、いつかはあの、カンと乾いた響きを発するヒットを打ちたいものだと思っていたのだが。

「うまかったのか」

「弱いチームですが、三年生ではピッチャーで四番でキャプテンをやりました」

「ほう、それで高校からはやらなかったのか」

「はい、やりたかったんですが、勉学の道にも目覚めて」

「ハッハッハッハ。よし、うちの野球部に行って、今年入った村沢雄一郎というルーキーから威勢のいい抱負を取ってこい」

それは、社内報に載せるためのものだった。今泉が野球部の寮を訪ねたのは、部員が練習を終えて夕食をとる前の時刻だった。

シャワーを浴びてチェックのスポーツシャツに着替えた村沢の顔は、まるで褐色のドーランを塗ってスタジオのライトに当たっているように、つやつやと照り輝いていた。立ったまま初対面の挨拶をしたとき、彼の頸は身長一七六センチの今泉より一〇センチほど上にあった。鋭い眼光と引き締まった肢体、今泉は一瞬、これはおれとは染色体の異なる生き物ではないかとさえ思った。それほど、五体から放たれるオーラの質が違うように感じられた。

——これが、おれと同じく今年大学を出て入社した男なのか……。

高校に進んでからは、野球はもちろんどんなスポーツもやらずに受験勉強に明け暮れてきた今泉、片や、野球の名門高校から名門大学に招かれ、野球に明け暮れてきた村沢——プロ野球の東京ジャイアンツからドラフト二位で指名されたのを蹴り、社会人野球の名門東邦製鉄に入ってきた村沢。

——おれも同じように七年間野球に打ち込んできたとしたら、こういう感じの人間になっていたのだろうか。

ところが、まるで異質と感じられたものが、椅子に腰掛けてお互いに口をきき始めると嘘のように消えていった。時折り見せる村沢の笑顔は、今泉のつきあってきたどんな友人よりも人なつっこく、すがすがしかった。

「大学の練習とくらべて、どうですか」

「そりゃ、らくですよ、気持がね」

大学のように一年刻みの先輩後輩という意識を持たずにすむ。教育してやる、してもらうという関係も薄い。

「シャカイジンだからね」

と今泉が茶々を入れると、村沢はカラカラと笑い、たくましく揃った白い歯を見せた。

ところが、今泉が課長から取ってこいと言われた「威勢のいい抱負」という本題に導こうとすると、村沢は困った表情になった。

「そういうの、ぼく苦手なんですよ。勘弁してくださいよ」

しばらくやりとりしたが、なかなか埒《らち》があかない。

「しかし、このままじゃ、きみが困るんでしょうね」

今泉は、同情を受けたくはないと思った。

「いや、そんな心配はしてもらいたくない。なければないでいいんです」

しばらく睨み合いの恰好になった。やがて村沢が、

「ないんじゃなくて、ことばにできない、したくない……そうだなあ、グラウンドでの一投一打、それがそのまま、ぼくの抱負なんだ」

今泉は眼を輝かせた。

「村沢君、できた！　それでいこう」

村沢は驚いた顔をした。やがてそれが笑顔に変わった。

新人の村沢雄一郎です。抱負をとのことですが、それをことばにしようとすると口幅った

いものになりそうで、というより、ぼくのグローブからボールがこぼれるように、ことばが意図しないほうにこぼれていきそうな気がします。東邦製鉄野球部に参加したぼくとしては、グラウンドで力いっぱい投げ、力いっぱい打つことが、そのままぼくの抱負の表現になっているといいたい。一投一打が、ぼくのことばです。

課長は、今泉のまとめた原稿に眼を通すと、「へえ、変わった抱負だな。まあ、よかろう」と通してくれた。村沢に見せると、「よくまとめてくれたけど、あらためてこういうことばになってみると、やっぱり照れくさいなあ」と言った。

それ以来、二人は仕事や練習を終えてから、よく会うようになった。そしてすぐ「おれ」「おまえ」と呼ぶ間柄になった。

村沢は、入部早々から東邦製鉄のレギュラーとして三番を打ち、センターを守った。その駿足・好打・強肩は抜群で、村沢らの活躍で東邦製鉄は、都市対抗全国大会と社会人選手権大会の両方で準優勝を飾った。村沢は、全日本チームの一員にも選ばれた。

二年目の秋、村沢はプロ野球のドラフト会議で、東京レパーズから、ある有望な投手についで二位に指名された。

「ジャイアンツから指名されたときにプロに入ってれば、こんな迷いを知らずにすんだけどな」

「――」

「迷ってるんだ」

レパーズから指名された数日後、村沢はブランデーを一本さげて今泉のアパートにやってきた。

大学を出たての二年前に、村沢がジャイアンツの二位指名に応じなかったのは、一つには意中の球団でなかったこともあるが、それとともに、プロに行くにしてもあと一、二年は、ノンプロの一流チームで磨きをかけたいという気持もあった。その間に力が落ちてしまえば話にならないが、社会人野球で活躍して頭角を現わせば、プロ野球は大学新卒以上に即戦力として高く買ってくれる。プロに行くからには、すぐ一軍でバリバリやりたい。

そう思って東邦製鉄に入った。その意図を、今泉は折りに触れて村沢から聞いていたし、本人から聞かなくても察しはついていた。

そして、社会人野球における村沢の二シーズンの実績は、彼の意図どおりのものとなったのである。それなのに、迷っていると彼は言う。

「ここへきておまえが迷うとは思わなかったな」

今泉は、ウイスキーのオン・ザ・ロック用のグラスを出して、村沢の持ってきたブランデーを注ぎ分ける。ブランデー・グラスなどは持っていない。

「高級ブランデーは、やっぱりブランデー・グラスに注がないとな」

「いや、これで十分だよ」

「そう、これでもいい。しかしおまえは今、両方のグラスを手にしていて、どっちかを選べるんだよ」

「何だ、そういう話か」

「おまえの迷いについてどう言ったらいいか、おれも迷ってしまうよ」

「――――」

「おれにはウイスキー・グラスしかないから迷うも何もないけどな」

二人は黙って、ウイスキー・グラスに入ったブランデーを傾ける。やがて村沢が、ぽつりぽつりと話し出した。

プロ野球の選手は、かりに一流の成績を残し続けたとしても、せいぜい三十代半ばから四十までだ。それに賭けるのもおれの好みだが、一方では東邦製鉄という会社を好きになってきた。おまえもいる。野球ができるあいだだけやって、あとはおまえに使われるなり何なり、六十の定年まで東邦マンをまっとうさせてもらえるというのも捨て難い。安逸とは違う。ビジネスマンとして頑張ってもみたいのだ。

「困ったな」

と今泉はつぶやいた。

「おまえにそうしてほしいという気持も強い。いや、おれの下で働くなんてのは論外だけどな。とにかく、おまえがいなくなるよりは、いてくれたほうがいい。しかしその一方で、おれには一流のプロ野球選手の友人がいるという誇りを持つことも捨て難いんだな」

今泉は村沢に対して、ことばに出してはどちらとも希望しかねていた。というより、所詮は本人が決めることだ、いや、もう決めているにちがいないと感じていた。「迷っている」とはいうものの、今の彼から野球を取れば何も残るまい、彼はレパーズの指名を受けるだろう。

今泉は、こころのなかではこう言っていた。「おまえの口から『六十の定年まで』なんていうことばを聞くなんて、たとえ本気でないにしても、がっかりしたな。同じように高校・大学を出て、同じ会社に籍を置くことになったとはいえ、おれとおまえではまったく目的が違ったはずじゃないか。おれはどう見ても、クビにならない限り、それこそ『六十の定年まで』この会社に頼っていかざるを得ない平凡な一サラリーマン。しかしおまえは、プロ野球の選手という輝かしいスターへのステップを固めるために東邦製鉄の野球部に入ってきた異能の人間なんだ。おまえは、おれに到底できないこと、おれが夢想のなかでしか実現できない異能者の奇蹟を、現実にやってのけておれたちに愉しみを与えてくれる、そう、大げさに言えば天上の神からの使者なんだ。確かにおれも中学生までは野球をやることに夢中だった。しかしそれっきりやめた。そこから、おれとおまえは別の生き物になったんだ。おまえは、おれにはできないことをやってのける使命を帯びたんだ。それが何だ、『六十の定年まで』とは。そういう台詞《せりふ》はおれに任せておいてくれ」

今泉は感情がたかぶってきた。その感情に押し上げられるままに、眼のまえでウイスキー・グラスを手にしている村沢に対して、心に湧いたものをことばに出してほとばしらせようとした。

そのとき、村沢はグラスに一口残っていたブランデーをクイと飲み干すと、今泉を真顔で見て言った。

「やっぱり、やってみるか」

今泉は、ほっとして笑顔でうなずいた。

「おまえなら絶対大丈夫だよ。即一軍のクリーンアップだよ」

「いやいや、そこまでプロは甘くない」

「甘くはないが」

今泉は彼なりの観測を語った。

東京レパーズは、投手陣は新旧のバランスもとれてわりあい充実しているが、ここ数年は打線の軸が安定していない。二年前に大リーグから補強したミッチェルが不動の四番といえるほかは、三番、五番すら不動ではない。ドラフトやトレードによる補強も、他に遅れをとってきた。

「だから、本当は投手より先に、おまえがドラフト一位でよかったんだよ。レパーズは、おまえをよそに取られなくてほっとしたはずだ」

今泉のことばに耳を傾けながら、さすがに村沢はうれしそうな表情を見せた。

「うん、何となく自信が湧いてきた」

「そうだ、入団が決まったら、お祝いにブランデー・グラスをプレゼントするよ」

「ははは、ありがたい」

二人はあらためて、ウイスキー・グラスにブランデーを注いで乾杯した。

一回の表、レパーズの左の一番バッターが一・二塁間をゴロで鋭く抜いて出塁した。

六月下旬のナイトゲーム、スワローズ対レパーズの十二回戦である。神宮球場の一塁側内野席で、今泉は身を乗り出す。

二番バッターがバットを撫してサード・コーチのサインをうかがい、打席に入る。ピッチャーの川崎がセット・ポジションに移る。じりじりとリードをとるランナー、両膝と両のスパイクの爪先を躰の中心線に寄せて引き絞り、足の親指に体重を乗せた前傾姿勢。

——うーん、美しい。この緊張感はこたえられない。

それを、隣で膝を寄せている慧子にどう伝えたらいいか、口にすればきざな感じになりそうだ。黙っているしかない。久松慧子は会社の同僚で、幸いにもレパーズ・ファンである。

一回表から、ベンチは判で押したように二番バッターに送りバントを命じた。一塁ランナーは二塁に達する。いよいよ三番村沢の登場である。

村沢は、今泉が予想し期待したとおり、開幕戦からレギュラーの右翼手の座を奪った。打順は初めは、四番ミッチェルの前後を行ったり来たりさせられていたが、やがて六月に入るとどっしり三番に定着した。

今泉が神宮球場で一塁側に席を占めたのは、村沢がライトの守備についたときに近くで見られるのと、右打席に立つ村沢の姿を正面からとらえることができるからである。本当は右翼の外野席で見たいのだが、ローカル球場でのオープン戦のときとちがって、神宮や東京ドームや横浜スタジアムなどの右翼席は、ホームチームの応援団に貸し切りのように占拠されて、画一的な応援歌やトランペットの音の渦中にはまり込み、とてもゲームを愉しむ環境ではない。

ピッチャーの川崎は、村沢に対して二球コーナーに散らしてツーボールにしてしまった。

「きっと次を叩くよ」

そのとおりになった。村沢の打球は初夏の夜空を切り裂いて、今泉と慧子の眼前に一瞬真っ白な軌跡を刻みつけて去り、右中間深くで弾んでフェンスに達した。今泉は、ホームインの確実な二塁走者には眼もくれず、村沢の走塁の姿を追う。29の背番号が今泉の眼前で鮮やかな弧を描いて疾走する。二塁を廻って三塁へ。スピードが加速する。外野からの送球を中継した二塁手から、負けじとばかり村沢の背中を突き刺すようなボールが放たれる。村沢の躰が水泳の短距離レースのスタートのようにダイヴし、伸び切った両手がサードベースを摑む。三塁手のタッチ。遠くてよくわからない。かがみ込んでいた審判が、両腕を水平にピンと伸ばして小型飛行機のような恰好になった。今泉は立ち上がった。慧子も立ち上がった。スワローズ・ファンに囲まれるなかで、二人は肩を組み、余った腕を天にかざして、ことばにならない声を発していた。

村沢は、ミッチェルのセンターへの犠飛で、今度はゆっくりとホームに生還した。

ゲームが終わると、三人で表参道に出て中華料理店で遅い夕食をとった。

「プロの高給取りに、東邦製鉄のペーペーが食事をおごるのも、悪い気分じゃないな」

「こいつ、久松さんの前で無理しやがって」

「いや、おまえの活躍で三対一で勝ったから無理もしたくなる」

久松慧子は、三人の皿に料理を取り分けながら、二人のやりとりを笑って聞いていた。

それからも、今泉はそういう機会をつとめてつくった。一緒にテーブルを囲むのは、いつも慧子とは限らない。会社の他の同僚のこともあるし、村沢と二人だけのこともあった。村沢は、よほどの用がない限り、たとえ負けゲームや本人のノーヒットのゲームのあとでも、今泉の誘いには快く応じた。

慧子に、そして他の同僚に、プロ野球のスターとなった村沢雄一郎と格別に親しい「おれ」「おまえ」の仲であることを示すのは今泉にとって快感であり、誇らしいことであった。東邦製鉄の若い男女の社員のなかには、自社の野球部出身の村沢のファンが大勢いたのである。

やがて一年経ち二年経つと、今泉の分担する仕事が次第に増え、夜遅くまでデスクから離れられない日常になった。休日でさえ家で書類をめくるということも珍しくなくなった。

やがて総務部企画室と人事部のスタッフにより、組織改革委員会なるものが発足して社長直属となり、今泉はその委員会の下で、数人の同僚と事務処理に当たることになった。今泉のような若手にはその全体像は摑めないものの、「組織改革」が、思い切った人員整理を主眼の一つとしていることは、命ぜられた事務処理をこなすうちに察せられた。

歴史の古い東邦製鉄は、体質改善と多角経営に遅れをとっているといわれてきた。それが、じりじりと円高が進んで輸出を圧迫し内需も低迷するなかで、とうとう保守的な経営者をして改革に踏み切らせたらしい。

今泉は、全体像や目的が摑めないまま命ぜられる統計分析やデータの整理に追われ、心身に疲労を感じ始めた。

野球場に足を運ぶ回数もめっきり減り、村沢と会う機会もなかなか得られなくなった。

——そしていつのまにか、おれも村沢も三十四歳になろうとしている……。

会社を二日休んでローカル球場のオープン戦に「春一番の贅沢」をしに行ったのに、村沢に会えず、空しく東京の自宅に帰ってきた今泉は、家族の寝静まった深夜、ひとり居間のソファに身を預けて回想にふけっていた。

——それにしても、シートノックを受けていた村沢が、その日のうちに急に二軍行きとは……。

レパーズからファルコンズへのトレードについて、村沢は今泉にそれほど動揺や不満を示していなかった。割り切った態度で、すがすがしささえ感じさせた。

その態度に偽りはなかったのかも知れない。しかし、その結果移籍したファルコンズで、何かトラブルが起きたと見える。

だが、そうして村沢の身を案ずる今泉が、実は村沢に聞いてもらいたい自分自身の悩みがあった。相談に乗ってほしいわけではなかった。ただ、最近とみにたまっている職場の鬱屈を村沢の前で吐き出したかった。今泉にとって、そうできる相手は村沢しかいなかったのである。

転職──それが、妻と六歳の娘を持つ今泉の頭を、最近去らないことだった。

社長直属の組織改革委員会は、今泉たち若手の与《あずか》り知らぬ内容の上申を終えて一旦解散し、今泉は総務部に戻った。

やがて、人員整理、希望退職についての大綱が発表され、労働組合が強い反撥を示し、頻繁に団体交渉が開かれるようになった。

上下、あるいは横の人間関係が至るところでぎすぎすし、とげとげしくなり、今泉には、労使双方の言い分のどちらが正しいかの判断はつきかねた。それには、今泉のレベルまで下りてくる客観的情報があまりに少な過ぎた。

「こんな会社には夢も希望もないよ。忠誠をつくしても、どうせいつかは肩叩きさ」と言って辞めていく同僚や、入ってまもない社員も出始めた。「寄らば大樹の蔭」の「大樹」が、時代の烈風に揺らぎ始め、芽をふいてまもない若葉をも散らし始めたのである。

──三十四歳は、もはや若葉ではない。幹の一部でもない。では何だ。小枝か。とすれば、この風に折れずに耐えられるのか。

しかも今泉の職掌は、人員整理に直接かかわるものである。

こうして最近、今泉の脳裡に「転職か否か」の命題が宿り始めて去らなくなっていたのである。

今泉はソファから身を起こし、台所に行って冷蔵庫からビールを取り出した。

——同い歳だが、村沢とおれとでは状況がちがう。しかし、一流のヴェテラン選手のあいつが、なぜ急に、シーズンまぢかのこの時期に二軍に落とされたのか。

悩める者同士の傷の舐《な》め合いにはなりたくないが、村沢に会いたいと今泉は思った。

今泉は、村沢が東邦製鉄野球部に入って二年目の秋、東京レパーズからドラフト二位に指名された数日後、彼に洩らしたことばを思い出した。「迷ってるんだ」

そして彼は、「東邦製鉄という会社を好きになってきた」と言っていた。

——十年前、彼が好きだと言っていた東邦製鉄は、今や……。

今度は今泉が、村沢に「迷ってるんだ」と話しに行く番になった。しかし今泉は、どんな会社からも「指名」を受けている身ではない。

缶ビールがたちまち空になった。今泉は冷蔵庫からもう一本取り出した。

——明日にでも、大阪の村沢に電話して、会う日を決めるか。

しかし、電話をするのがどうにも億劫《おっくう》な気分である。村沢の二軍落ちということだわりもある。

ふと、書架の隅に立てかけてある小冊子が眼に止まった。冊子といっても、三十枚ほどの絵葉書を綴ったものである。三年前に、村沢がレパーズのアメリカでのスプリング・キャンプの土産に買ってきてくれたものだ。表紙のタイトルは「ベースボール」。アメリカの画家たちが大リーグを中心としてさまざまなゲームのシーンを思い描き、油彩やシルクスクリーンなどで制作したタブローの絵葉書版である。写実風もあればフランス印象派風もあり、立体派もあればポップ・アートもある。時代背景も、前世紀の野球風景と覚しきものから現代の大リーグに至るまでさまざまである。その一葉一葉から、著名な画家たちの「野球が好きだ。野球は面白い。野球はすばらしい」という気持が伝わってくる。

今泉は、この綴りを村沢からもらって眼を通したとき、この中の一枚も手許から失いたくないと思った。だから今まで、だれにも絵葉書として投函していない。

——これをくれた村沢宛に、このなかの一枚を使って便りを出そう。

と思った。

選んだのは、ジム・サリバンという画家の「ゲームボール」という一葉である。モノクロームの絵だ。ギリシア神殿にあるようなデザインの石柱が一本、雲をはるか下に見下ろして大空に屹立《きつりつ》している。その柱の頂の狭い平面上に、白球が一個載っているのである。これだと思った。

今泉は、その一葉をミシン線に沿ってちぎり、万年筆を取り出した。

この絵葉書は全部手許に置いておきたかったけれど、一枚だけ贈り主宛に使う気になった。こっちの勝手でしばらく会っていないので、東京でも大阪でもいいから久しぶりに一杯やりたいと思うがどうだろう。開幕を前にしてコンディションを整えている時期とは思うが、何だか無性に会いたくなった。極力、きみの都合に合わせる。ご連絡乞う。奥さんによろしく。

オープン戦を見に行ったことも、宿舎に電話したら球団の人から二軍に行ったと聞かされたことも、葉書には書きたくなかった。

――おまえのことも心配だが、おれ自身のことも心配なんだ。おまえと話したいんだ。

今泉は、心のなかでそうつぶやきながら、切手を貼った。

三

「東邦製鉄の野球部は、閉部解散に決まったよ」

今泉が、久しぶりに村沢に会ってまず告げたのはそのことだった。

「閉部……解散……」

村沢は、それっきりしばらく絶句していた。

今泉が村沢に「会いたい」との葉書を出して一週間後のことである。村沢から電話があり、東京に行くスケジュールはしばらくないので、都合のつくときに大阪に来てくれないかと言ってきた。そこで土曜日に日帰りのつもりで、今泉のほうから大阪の村沢のマンションを訪れたのである。

「あの頃の東邦製鉄とはちがうよ。いわゆるリストラクチャリングというやつで、減量の苦しみにあえいでいる。不幸にしておれの部署はその作業を直接受け持つところでね」

「大変だな」

「ところで、おまえのほうの調子はどうなんだ。新聞を見ても、ここ何日か、オープン戦におまえの名前はないけど」

「うん、ファームで調整している」

村沢自身の口から二軍落ちの話が出た。

「ベイスターズとのオープン戦に、おまえ、見にきてくれていただろ。あの日からだよ」

「え？　おまえ、おれがいたこと知ってたのか」

「そりゃ、わかったさ」

「実はな……」

今泉は、あのゲームに村沢が出なかったので宿舎に電話を入れ、二軍行きを知らされたことを白状した。

「怪我をしたわけでもなさそうだし、何があったんだ」

「いや、よけいな心配をさせたな。おれ自身が頼んだんだよ、監督やコーチにわがまま言って」

村沢は意外なことを言った。

ファルコンズに移って初めてのスプリング・キャンプで、技術的な不安はないものの、少し躰づくりの遅れを感じていた。そのままオープン戦のシーズンに入った。ゲームでなじんでいこうと思ったが、やっぱりどうもしっくりこない。ヴェテランともなれば、自分の一時的なウィーク・ポイントは自分が一番よくわかる。

「さっきのおまえのことばを使えば、おれ自身のリストラの必要を感じたということになるかな。このままシーズンを迎えたくなかった。そこで五ゲームほどベンチから外してもらって、ファームの練習場でトレーナーについてもらうことにしたんだよ」

「さすが、大物ヴェテランのマイペースは一味ちがうな。しかし、気になったよ。シートノックにはいて、そのあといなくなるんだから。監督かコーチと大衝突でもしたのかと思ったよ」

「ははは、そうなりゃ、スポーツ新聞は笑いが止まらないだろうけどね」

「しかし、本当なんだろうな、おまえ自身の申し出というのは」

「おまえに嘘はつかんよ」

心配していた今泉は、拍子抜けの感もある。

「いずれにしてもおれの商売は、シーズンに入って答えを出さにゃならん。答えるのは、おれの口ではなくて、おれの数字さ」

村沢は、今泉のグラスにブランデーを注ぎ足す。そして、ぽつりと言った。

「転換期を感じるよ」

今泉は村沢を見つめた。

「今泉、やっぱり、おまえの生き方のほうが、まっとうだよ」

「何がまっとうなもんか」

今泉は声を少し荒らげた。そして村沢に、転職か否かで悩んでいる現状を打ち明けようと思った。しかしその代りに、村沢と同じようにぽつりと言った。「おれだって転換期だよ」

――村沢はおそらく、自分自身の体力と技術しかない世界で自問自答し、いやおうなしにやってきた転換期を緊張をもって乗り切ろうとしている。

——そんな村沢に、おれの迷いを話しても仕方ない。おれの負けになる。負けたくない。

村沢がソファから立ち上がって、壁際の飾り棚に立てかけてあった絵葉書を手にした。今泉が出したものだ。

「いい絵を選んでくれたな」

「おまえも好きか。本当は、もらったままおれの手許に置いときたかったんだけど、おまえに贈るのならあきらめきれると思ってな」

ジム・サリバンの「ゲームボール」に二人で見入る。雲の群れを見下ろし、天空に屹立する石柱の頂に座す一個の白球は、孤独で、気高い。

「ところで、久松慧子は元気かい」

村沢が急に話題を変えた。

「何だ、だしぬけに」

「いや、おまえと久しぶりにこうやってると、あの頃のことを思い出してね」

「旦那の転勤で仙台にいるはずだよ」

「そうか」

そこで二人は顔を見合わせて、同時ににやりと含み笑いをした。

二人とも振られる恰好になったのである。今泉は、東京レパーズの観戦に、よく慧子を伴った。村沢と三人で食事をすることも何度かあった。慧子が村沢選手のファンである以上に、村沢は慧子のファンになったようだった。今泉は焦った。しかし、恋の鞘当《さやあ》てというところまではいかなかった。お互いの心理的牽制ということもあったかも知れないが、こういうことには今泉も村沢もおくてだった。二人とも慧子と友だち同士の関係でいるうちに、慧子は社内のいくつか年上の男とあっさり結婚してしまった。

「若かったなあ」

絵葉書を棚に戻しながら村沢が言う。

「村沢、おまえはそれを言うには、まだ早過ぎるぞ」

「じゃ、おまえはどうなんだ、同じはずじゃないか」

「まあそうだな。おれもちょっと、ファームに行って鍛え直してもらって、あらためてルーキーのつもりでやるとするか」

「ははは、さあ、もう一杯やろう。今日はおれの家に泊まって、明日のオープン戦を見ていけよ」

「おまえの出ないゲームを見ても仕方ないよ」

「いや、明日から一軍に合流するんだ」

「えっ？　本当かい」

「オープン戦も明日で終わりだしな」

「うーん、泊まりたい気分になってきたな」

「さあ、奥さんに電話電話。おれもちょっと電話に出るから」

村沢は、携帯電話を今泉の手許に置いた。


グリーンスタジアム神戸。大阪ファルコンズのオープン戦最終ゲームの相手は神戸のブルーウェーブである。

無死、ランナーを一塁に置いて、五番村沢が打席に立つ。ブルーウェーブのマウンドはエース級の長谷川、五回を終わって二対二の六回表である。

長谷川の右腕が躍るように撓《しな》い、白球が村沢の外角ぎりぎりに糸を引く。村沢はそれを狙いすましたように、右にはっしと振り抜いた。光り輝く打球が、ライトスタンドに陣取る今泉に向かってどんどん大きくなって飛んでくる。そして、立ち上がって手を差し出す今泉の頭上をあっというまに通過し、後ろのほうでカツンという音を立てた。四対二、続く六番以下は凡退。

村沢右翼手がゆっくりと守備位置に走ってくる。今泉と眼が合うか。

今泉の姿を認めたようだ。グローブを彼に向かってちょっとかざし、それからすぐ背を向けた。

——村沢、おれも逃げずにやってみるよ……。

風の向きが変わったのか、村沢右翼手が立つあたりから、芝の香りが漂ってくる。

ぼくはたまらなくなり、フェンスをエイッと飛び越えて外野の芝に降り立つ。そして村沢の真横に並び、彼とそっくりの守備体勢をとる。

「村沢さん、すばらしい一撃でしたね」

「まあね」

「一緒にライトを守らせてください」

「いいとも、きみはいくつだい」

「十五です。中学三年で軟式野球をやってます」

「そうか、どこを守ってる」

「ピッチャーです。ついでに言わせてもらうと四番でキャプテンです」

「すごいじゃないか」

「でも、硬球をいじりたくてしようがないんです」

「もうすぐそうなれるじゃないか」

「だといいんですが」

まだまだ話したいことはたくさんあるけれど、ブルーウェーブの左バッターが打席に入ってバットを小さく素振りし始めている。

村沢が、グローブの腹をポンと一つ叩いて前傾姿勢に入る。ぼくもすぐ横でまねをする。

小高い丘の上で、ピッチャーの両腕と上体が伸び上がって美しく撓い、一球目が投じられる。バッターがそれを振り抜く。打球は低いライナーとなり、二塁手のわずか頭上を抜けてこっちに襲ってくる。村沢はそれに向かって全速でダッシュする。ぼくもおいてきぼりをくわないように突っ込む。村沢が、両脚のスパイクで思い切り芝を蹴ってダイヴする。芝の破片と土くれが飛び散り、ぼくの眼を襲う。ぼくは思わず眼をつむる。

眼を開くと、芝にうつぶせたまま村沢右翼手の差し出した左手のグローブに、赤い糸の縫い目も鮮やかな白球が収まっている。走り寄った審判が、驚いた顔をしたままアウトを宣する。

春の挽歌

一

夜来の雨がやんだようだ。

修一は、ヴェランダに通ずる窓を少しあけた。ひんやりと湿っぽい空気が闇を伝って室内に入り込み、父の柩《ひつぎ》の枕元でまっすぐに立ち昇っていた線香の煙が揺らいだ。

外気に乗って、土や草花の匂いも三階までほのかに伝わってくるような気がする。修一は、窓辺から外の暗闇を向いたまま、後ろにいる弟の弘に言った。

「夜を感じるなあ。久しぶりに夜と向かい合っている。通夜って、そんな感じがしないか」

「ああ、そんな感じだね」

冷や酒を呷《あお》る弘の喉が、ごくりと鳴った。

修一はふだんも夜更しをするほうだが、たいていは仕事がらみか読書で起きている。しかし今夜は酒を飲む以外にやることがない。早くから世捨人のようだった父の通夜、柩のそばにいるのは今は弟と二人きりである。女たちは、台所で夜食の準備をしている。その物音が、ときどきかすかに聞こえてくる。

無為の夜、こんなことは修一にとって、三年前の母の通夜以来久しぶりだ。もっとも母のときは、生前の近所つきあいの人たちが夜遅くまで弔問に訪れ、修一はその応対に気を遣っていた。それにくらべると今夜はとりわけ、夜という見えない生き物が四囲から迫ってくる感じで、修一の意識と五官はずっとそれにとらわれている。

「それにしても」

修一は畳に坐り直し、弘がグラスに注いでくれた酒を一口含んでから言った。

「さっきの電話は妙だなあ」

「うん、老人の記憶ちがいとは思えないけどねえ」

修一は小用に立っていて、弘が受けた。

下関の小野寺という老人らしき声の人からの電話で、明日の葬式に駆けつけたいので羽田空港からの行き方を教えてほしいとの用件のあと、こう言ったという。「国鉄のことで、今西さんに戦後大変お力添えをいただいた者です」

確かに父今西一成は昔、国鉄にいたのだが、それは終戦の昭和二十年の末までのこと、翌年早々には父は、ある事件がもとで詰め腹を切らされている。それからというものは、今西家は窮乏のどん底におちいっていったのだった。その有様は、当時中学生から高校生へと歩んでいた修一の脳裡に克明に刻み込まれている。たけのこ生活で凌《しの》いでいた失業者の父が、ひとの世話になったり力添えを仰いだりしたことはあれ、反対に他人に力を貸すことなどとてもできたはずはないのである。しかも「国鉄のことで」というのがなおさら解《げ》せない。父は国鉄とは完全に縁が切れていたはずだ。

それにもう一つ不思議なのは、下関にいるという小野寺氏が、今朝の父の死をだれから聞いて知ったのだろうかということだ。修一が連絡したのは、五年前まで父が住んでいた宇都宮の古田という知人ただ一人、しかも、その人は老齢で臥《ふ》せていて家族のだれかが電話を受けてくれたのだった。その知人以外は、父と最近まで親交を保ってきた人は一人もいないはずだ。

「あの時期に、何か俺たちの知らないことがあったのかなあ」

「まあ、葬式にいらっしゃるそうだから、そうしたら聞いてみようよ」

そこへ、弘の一人娘の麻里香が、台所から夜食を持って現われた。暗い灯火の下で中年男二人だけだったところに、十八歳の女性が加わり、部屋の雰囲気が急に変わった。まるで、モノクロームの画面が急にカラーの画面になった感じである。

修一は姪の顔を見てほほえんだ。去年の母の三回忌以来、もう一年以上も顔を合わせていなかった。日頃は疎遠な生ける縁者を、死者が再会させる。

修一も、子供は娘が一人、二年前に結婚し、夫の転勤で今はロンドンに住んでいる。修一が今朝、おじいちゃんの死を電話で知らせ、「無理をするな」と言ったが、彼女はできるだけ早い直行便をつかまえて葬式にまにあいたいと言っていた。

麻里香が、伯父と父に酒の肴《さかな》を盛りつけて差し出す。弘が言う。

「麻里香も一杯いただくか」

「じゃ、ビールを一杯」

それを聞いて修一がグラスに注いでやる。それから、ふと思い出して弘に言った。

「こないだ、思い切っておやじを野球見に連れて行っといてよかったな」

「うん、本当によかった」

「たとえ、あれがおやじの命を少しは縮めたにしてもね」

「そんなこと考えても仕方ないよ」

兄弟は期せずして父の柩を同時に見やった。

「八十八歳の米寿も祝ったし、まあ、死に際も安らかだったしね……」

最後はこの部屋で、掘りごたつに足を入れてうとうとしているような恰好でこと切れた。そのわずか十日前に、修一と弘は父を、神宮球場のスワローズとバファローズのオープン戦に連れて行ったのである。

父の頭は最後まで正常で、ボケの徴候はみじんもなかったが、そのわりには八十前後から足腰が急に衰え始め、歩行はおろか立つことさえできなくなっていた。医者の診立《みた》てでは、骨髄の組織が悪化しており、年齢からして、治療はもう難しいとのことだった。

五年前に、それまで宇都宮で二人暮しだった両親を東京の修一の許に引き取ってから、結局父は、ただ一度を除いて大地に降り立つことはなかった。そのただ一度が、息子たちに連れられて行ったつい十日前の野球見物だったのである。

「もしかしたら……」

弘がそう言ったまま口をつぐんだ。

「何だい」

「おやじはあのとき、死期を予感していたのかも知れないね」

「うーん、そうかも知れない」

修一はそう答えながら、修一より五つ六つ上の野球好きの男が、いつだったか冗談紛れに言っていたことを思い出した。

「いくつになってもキャッチボールだけは続けられたらいいね。俺もいつかは死期を悟るときがあるだろう。そしたら若い者に相手をさせて、近距離でゆるいキャッチボールをする。まあ、そのときは真新しい硬球がいいな。要するに一つの儀式だよ。それが終わって『じゃ、俺は死ぬよ』なんて恰好いいと思わないか」

修一は思わず笑ったが、その頃はすでに父一成の足腰が不自由になっていたので、その知人のことばにかすかな反撥を覚えて言い返した。

「それはあなたがまだ元気で、死期を悟るなんていう境地がわからないから生まれる発想ですよ」

父の七十ぐらいまでは、修一が宇都宮に訪ねて行くと庭先で軽いキャッチボールぐらいすることがあった。やがて父は、修一がよく連れて行く、娘の澄子を相手として好むようになった。祖父と孫のキャッチボール、父は「澄子とやるのがちょうどいいや」と言って眼を細めていた。息子たちとやるとつい対抗意識が生まれてスピードを出そうとし、そうすると息子も自然にそれに釣られてスピードを出す。それで短時間で疲れてしまうのだった。

父の足腰が弱り、修一の家に引き取った頃は、澄子はまだ大学生で家にいた。祖父と孫娘はときどき、畳の上に脚を投げ出した恰好で、グローブをはめて至近距離でボールを投げっこしていた。修一はその姿を見るたびに、「こういうおままごとは父と息子ではできないな。おじいちゃんと孫娘にこそふさわしい図だ」などと思っていた。

あるとき、その姿を見た修一の妻の冴子が感想を洩らした。「おじいちゃんと澄子と、二人で大きな綾取りをしてるみたいね」

なるほどうまいことを言うと修一は思った。祖父と孫娘のその「綾取り」も、やがて澄子が結婚して家を去るとともになくなった。

また、雨がぽつりと来始めたようだ。修一は立ち上がって窓を閉め、ついでに新しい線香にろうそくの火を灯した。そして柩のふたをあけた。

窪んだ眼窩《がんか》、そげ落ちた頬、血の気の失せた唇、その中で、修一がものごころついてからずっと父の鼻下にたくわえられていた口髭だけが、一本一本まだ生きているような感じを受ける。修一は、その髭をそっと撫でた。こころよい手応えがあった。

修一の脳裡に、つい十日前の神宮球場の情景が甦った。そして、いくつかのプレーの一瞬が閃光のように光り、それに反応する父の表情が甦った。

あれは、例年になく長く、いつ明けるとも知れぬ菜種梅雨が一日だけやみ、蒼穹《そうきゆう》がひろがってすがすがしい風の渡る、奇蹟のような日だった。

二

「野球を見に行きたいな」

父のほうからそう言い出したのである。かすれてかぼそい声で、しかし喉仏をふるわせながら精いっぱいの調子で言ったのだった。

足腰がいうことをきかず、ときどき腰にわずかな痛みを訴える以外は、血圧も脈拍も正常で、心電図などの検査からも特に要注意の点は出てこない。食は細いが、冴子が作って出すものは何でも食べる。便も正常である。

眼も耳もいい。さすがに小さな文字は老眼鏡をかけても読もうとしなくなったが、テレビはよく見、特にニュース番組と相撲と野球は熱心に見ていた。

ただ、足腰とともに弱っているものといえば発声だった。声帯の機能がいちじるしく低下したのだろう、そうでなくても昔から無口だった男が、一段と静かになった。

あれこれ総合して、修一の判断では、今西一成は病人ではないのだった。

病人ではないのに、日がなふとんの上に横になるか上体だけを起こして掘りごたつに脚を入れ、テレビを見るだけの生活である。かえって衰弱が進むのではないかと修一は思った。

ある日、医者にも機種を相談して、父に内緒で車椅子を買ってきた。

「お父さん、僕か冴子の手が空いているときに、これで散歩に出よう。外の空気も気持いいよ」

父は喜ぶかと思ったが、少しもうれしそうな顔をせず、乗りたくないと言った。たまには父を外に連れ出そうと思った修一の目論見は、それっきりになっていた。

今年になり、やがて冬と春が徐々に交替を始めた頃のある日曜日の朝、修一は休日にはたいていそうするように、父のふとんの脇で新聞をひろげ、おもなニュースや面白そうな記事を読んでやっていた。そしてスポーツ面にきた。

プロ野球各球団の、春のトレーニングの最終段階の記事が載っている。それを読んでやる。

それから修一は新聞を置き、勝手にしゃべり始めた。

「そろそろオープン戦も始まるねえ。沖縄や九州や四国のキャンプ地に始まって、だんだん北上してくる。三月も下旬になると東京でもいくつかあるよ」

修一は、オープン戦開催地の移り変りの様子を、桜前線にたとえながら話す。

「桜前線をフラワー・フロントというけど、ベースボール・フロント……いや、英語にならないね。野球前線の北上でいいか」

オープン戦は、桜前線よりひと足早く北上してくる。そして、東京近辺の桜の開花期が、大体、プロ野球ペナントレースの開幕期だ。

「そうするとお父さんも、たいてい毎日、どこかのゲームをテレビで見られる。待ち遠しいね。そうそう、その前に甲子園で、選抜高校野球もあるしね」

父に向かって話すのだが、なにしろ父はときどき小さくうなずいたり笑みを浮かべたりするだけで、ほとんど口を挟まないから、いきおい修一はおしゃべりになる。

「どうだい、お父さん、足腰以外は調子がよさそうだし、今度は一度花見に出てみない？ 弘も誘ってさ」

――そうなると、前におやじが何の興味も示さなかったあの車椅子を、初めて活用することになるだろう。

一成は、息子の申し出に満足げな笑みを浮かべていたが、やがてくちびるをもぞもぞと動かした。修一は耳を近付ける。

「花見より……」

それから一息おいて言ったのである。

「野球を見に行きたいな」

「本当かい、そりゃいいな」

花見であれ野球であれ、一成はとうとう、修一の家に来てから初めて外出への意欲を示したのだった。

「じゃ、弘と相談して決めるよ。お父さんはどういうカードがいい？」

父が野球好きであることは知っているが、五年前までは長いあいだ一緒に暮らしていなかったので、父がどこのファンかもよくは知らない。

どんな組合せがいいかと聞くと、一成が短くつぶやいた。よく聞こえないので、もう一度尋ねた。今度はわかった。

「コクテツ」

「ああ、国鉄スワローズかあ。お父さん、今はヤクルト・スワローズだよ。さすが、昔の国鉄マンはちがうなあ」

——そういえば……。

修一は、大分と門司で過ごした時代に、鉄道局の野球の選手たちがときどき家に来て、父がもてなしていたことを思い出した。

「そうか、お父さんはやっぱり、プロ野球でも国鉄ファンだったのか」

国鉄に対しては愛憎こもごものはずだが、と思いながら、修一はそう言った。

今西一成は、東京、仙台、名古屋、熊本、大分、門司の各鉄道局を転々とした。長男の修一は名古屋で、次男の弘は熊本で生まれた。そして一家は門司で太平洋戦争——敗戦——被占領時代を過ごす。

修一は戦争中、父の名刺に「鐵道省門司鐵道局」とあるのを見たことがある。肩書は憶えていない。ただ、この「鐵」という漢字の連なりが、いかにも固くいかめしいイメージで、蒸気機関車が二連か三連で走る姿を連想したものである。

大分から最後に門司に転勤したのは、修一の小学校五年生の頃だから、父は三十八、九だったろう。父は、山の手にある結構立派な官舎を与えられた。修一の記憶では、それまでに住んだ家で一番広くて立派だった。父は多分、中堅官僚から上層へのコースを、転勤するたびに順調に歩んでいたのだろう。

それが、終戦後まもなく、突然放り出される。四十代前半の働き盛りだった。そのあたりの詳しい事情を、中学生だった修一は知らないし、父からも母からも聞かされなかった。

わずかに耳にしたのは、RTOという存在が父の失職と関係ありそうだということだった。RTOと大書された一角があった。レイルウエイ・トランスポーテーション・オフィス、主要な駅の構内には、たいていこのRTOと大書された一角があった。アメリカ占領軍の、日本国内における軍隊や物資の輸送を運営管理するセクションである。

国鉄のダイヤ編成では、その占領軍関係の輸送が最優先された。

父は、その調整をめぐって、RTOの将官と一悶着起こしたらしい。修一が耳にしたのはそれだけである。父は家庭ではそれについては一切触れなかった。そしてそれ以後、父は修一に対しても弘に対しても、鉄道局時代の自分について語ることはまずなかったのである。

「コクテツ」——プロ野球のチームを指したのであれ、父がそのことばを口にするのを聞くのは、だから修一にとっては中学生のとき以来、実に四十数年ぶりということになる。

「わかった。じゃ、そのコクテツの絡むカードを調べてみるよ」

修一は苦笑しながら父に言った。父も笑っている。

弘に電話してみると、彼も父が外に出てみる気になったことをおおいに喜んだ。

「どうせなら、スワローズの本拠地球場の神宮にしようよ」

「うん、それがいいな。周りの環境も静かだしな」

修一は、神宮外苑の風景を思い出して付け加えた。

「外苑を車椅子で少しぶらぶらしてもいい」

「けどね、兄さん」

「何だい」

「ペナントレースが始まってからよりも、その、兄さんのいう野球前線、オープン戦のほうがいいんじゃないかな」

「どうして」

弘が挙げた理由はこうだ。

最近はペナントレースが始まると、すぐナイトゲームに移行する。夜はまだ肌寒い。万一おやじが風邪でも引いたらことだ。デイゲームを選べたとしても前売券を買わなければならないから、多少天候がおかしくても行くことになるだろう。これもおやじにはまずい。オープン戦はすべてデイゲーム、しかも朝の天候次第でどうするか決められる。

「それにもう一つ」

弘はことばをついだ。

「公式戦に入ると、ほら、あの外野席の応援団のトランペットと合唱がのべつ幕なしだろ。あれは浦島太郎のようなオールドファンには、いきなりでは刺戟が強過ぎるよ」

「うん、君の言うとおりだ。オープン戦にしよう」

「じゃ、僕がスケジュールを調べて電話するよ」

「頼む」

三日後、弘から電話があった。桜前線ならぬ野球前線も終盤の三月下旬、神宮球場でスワローズ対バファローズのオープン戦がある。

「うん、それにしよう」

二人はその日の仕事を休むことにした。

電話を切ると、修一は父の部屋に行って告げた。

「弘がコクテツの出るゲームを調べてくれたよ。神宮球場、桜の咲く前だ。三人で行こう」

「そうか」

父はうれしそうにうなずいた。


弘は、どこからかワゴン車を調達し、後ろにふとんを敷きつめてきた。

「運転できる弟がいて助かるよ」

修一は車の運転ができない。

五年前、二人で交替でおんぶしてマンションの三階にかつぎ上げたのと反対に、今度はおんぶして階段を降りる。登りよりは格段にらくだが、その代りに足許がおぼつかなくてときどきひやりとする。やっと一階まで降り、兄弟で父の両肩を支えながら、草花の植わった黒土を踏ませた。運よく快晴微風、それに暖かである。

「お父さん、やっぱり外の空気と土の感触はいいだろう」

父は無言でかすかにうなずく。

ワゴン車の後ろのふとんに父を寝かせ、脇に車椅子を入れてベルトで固定する。その横に修一が乗り込む。冴子の見送りを受け、弘がハンドルを握るワゴン車が静かにスタートした。今西一成、一五年ぶりの外出であった。

三回の表、バファローズの攻撃に移った。ブライアントが、引き締まった長身を左打席に運ぶ。ユニフォームの首の部分に見え隠れする金色《こんじき》のネックレスが早春の陽光にキラリと光り、その上の黒褐色の顔の奥から、精悍《せいかん》な眼の光が、これまたキラリと洩れる。

修一は、隣の父の様子をそっとうかがった。父の眼は、ブライアントにじっと注がれている。その眼光に、いつも家でふとんの上に起きてテレビを見ているときとは、明らかに違うものを修一は一瞬感じた。緊張もあり、驚きもあり、喜びもあり、それらが混じって光っている。生《なま》のものを見つめる生の視線である。

ブライアントの一回目の打席は、最後はスワローズの川崎投手のスライダーを渾身のスイングで振って宙を切った三振だった。そのとき、「フワー」というような声が父の口から洩れたように聞こえて、修一は父を見た。父は、例のかぼそく枯れた声で言った。しかしいつもよりは声に張りがあるようだ。

「あれだけ振り回しているのに、体の軸が泳いでない」

弘も聞き耳を立てていた。

さて三回表、スワローズのピッチャーは代って、一軍入りが確実といわれている長身のルーキーである。

三球目、ブライアントのバットが一閃した。カンという音が響いた。白球が鋭いスピードで蒼天に舞い上がり、ぐんぐん小さくなってライトスタンドの上段に吸い込まれた。

父は口を半ば開いて、ライトスタンドを凝視したままである。その眼がいきいきしている。左右のスタンドから歓声と嘆声と拍手が湧いている。

三月下旬のオープン戦の中から選ぼうという弘の提案は正しかった、と修一は思う。

まず、一塁側内野指定席で、コクテツのベンチに近い下段の券が容易に手に入った。次に、この時期になると、オープン戦といってもどのチームも、投手も野手もレギュラークラスのメンバーで固めてくる。しかし一応のテストが終われば、やはり代打・代走・代守をどんどん繰り出す。だからファンは、いろんなプレーヤーのプレーを、ワンショットであれ目撃できる。

それからオープン戦は、チームの勝敗の帰趨《きすう》にあまりこだわらなくてよく、その分、個々のプレーの成功や失敗を愉しめる。ベンチの監督やコーチも、ペナントレースほどいちいち細かいサインでプレーヤーを拘束しないから、ゲームの運びもおおらかな感じがする。

そういうわけで、修一は久しぶりに見る野球で、プロのプレーヤー個々の洗練されたプレーを愉しんでいる。

――おやじはどうだろうか。ひたすらコクテツの勝利を願っているのかも知れないな。

バファローズの金村の、鋭く振り抜いた打球が、三遊間に走る。スワローズのショート池山のダイヴィング。豹《ひょう》が小動物に飛びかかるように、左手のグローブが白球を仕留めた。起き上がりざま右膝をくの字に固めて、一塁へ送球、アウト。

また、父の口から「フゥー」という声が洩れた。修一は今度は、隣の父の顔をまともに見た。眼と眼が合い、二人とも満足の笑顔になった。その隣を見ると、弘もこちらを見て笑っている。

回が進む。好ゲームになった。チーム同士の競《せ》り合いも、八回を終わって四対四と拮抗しているが、修一の印象では、それにも増して個人対個人の攻守の対決に、いくつも見応えのある場面が展開されてきた。

バファローズの大石が右中間を深ぶかと破り、駿足を駆って思い切りよく一気に三塁を狙い、飯田の好送球とサードのハウエルのタッチをかいくぐって間一髪セーフ。次の打席では四球で出て二盗を試みたが、今度はキャッチャー古田の俊敏さのほうが勝ち、タッチアウト。スワローズの笘篠も負けじとばかり、ヒットで出て一球目に走り、鮮やかなスライディングでタッチをかわしてセーフ、などなど。

いよいよ最終回になった。オープン戦とはいえ、四対四でここまでくれば、スタンドの興味はゲームの勝敗の帰趨に集まる。

まずバファローズが代打攻勢をかけたが、八回からリリーフに登板した岡林の好投に三者凡退となった。

バファローズのエース野茂が最終回のマウンドにゆっくり歩く。三回から登板して力投を続け七イニング目になる。スワローズは、左の代打の切札杉浦を送った。丸っこい肩に柔和な顔を乗せたヴェテラン杉浦がバットをしごきながら、野茂の準備投球を見守っている。

「お父さん、僕はこのバッターが大好きなんだよ」

弘が父に言った。

杉浦が打席に入る。野茂が、独特のフォームから第一球を繰り出した。次の瞬間、杉浦の勝利が、そしてスワローズの勝利が決まった。杉浦のバットは、パチンという感じで野茂の低目のストレートを叩き、打球は天空高く弧を描き、ライトスタンド中段に舞い落ちた。

弘が立ち上がって歓声を挙げた。修一は、最後に訪れた一投一打の美しさに酔いしれる思いで嘆声を洩らしていた。

父は、静かに、しかし明らかに興奮し充実したまなざしで、膝元で音にならない拍手を送っていた。

観客が、潮を引くように出口に向かう。三人は、混雑を避けるために、椅子に並んで腰を降ろしている。空はまだ蒼い。プレーヤーのいなくなったフィールドに眼をやる修一の脳裡に、終わったばかりのゲームの余韻が去来する。

「いいゲームだったな」

父が、いつになくはっきりした声で言った。それから満足そうに髭をしごいた。

父の乗った車椅子を、弘が乳母車のように後ろからゆっくり押している。明治神宮外苑の絵画館前、銀杏《いちょう》の巨木が左右の歩道に整然と並ぶ、幅の広い並木路である。父が、ずいぶん昔に母とそこを通った記憶があると言って所望した。

「このへんは変わってない」

父がつぶやくように言う。神宮球場はかなり印象が変わっていたらしい。人工芝になった点は別にしても、父の記憶では昔のほうが外野が広い感じだったという。外野席が今のようなスタンドでなく、背が低く一面芝におおわれていたのでそう感じるのかも知れない。

陽がだいぶ西に傾いてきた。車椅子の父の膝には毛布が掛けてあるが、あまり気温が下がらないうちにと、三人は駐車場に向かう。

「近鉄パールズも強くなったな」

父が思い出したように言う。修一と弘は声を合わせて笑い出した。

「ははは、お父さんにとってはバファローズもいまだにパールズか」

「今日は国鉄スワローズ対近鉄パールズのゲームを見たわけだ」

両チームとも、昭和二十五年の二リーグ制発足で新しくできたチームだ。そして両チームとも、発足時にはプロ野球を経験したプレーヤーはほとんどいなかった。国鉄はおもに社会人野球、近鉄は東京六大学を出たばかりのメンバーでチームをつくった。当然、弱かった。修一の記憶では、初めのうちは来る年も来る年も、パールズはパ・リーグの最下位、スワローズはセ・リーグの最下位かよくて下から二番目あたりだった。

第一名前からしていかにも弱い——発足当時高校生だった修一はそう思ったものだ。ジャイアンツとかタイガースとかホークスとかブレーブスとか、勇猛な名前が並ぶ中で、パールズは真珠であり、スワローズは燕だ。

反面、あまりに弱いから気になって応援したいという気持にもなった。

「それにしても兄さん」

弘は、父の車椅子を押しながら修一に言う。

「あの頃はこんなことを言うと、きっとみんな冗談だと思って笑ったと思うけど、今や、スワローズとバファローズの日本シリーズの可能性はおおいにあるよね」

「あるある。大ありだ」

駐車場に着いた。ワゴン車の後部に、二人で父の体を慎重に運んで寝かせ、車椅子を乗せる。

「お父さん、車椅子も満更悪くないだろ。これからも、ときどき外に出ようよ。暖かくなるし」

　父は、消え入るような声で答えた。

「いや、もういい。気が済んだ」

　野球を見ていたときや、さっきまでの散歩のときは、いつになく声に少し張りが出てきたと思っていたが、今はふたたび、きのうまでの家のふとんの上でのように、かすれてかぼそい声に戻ってしまったようだ。

　ワゴン車は静かに滑り出した。しばらくすると、一成の気持よさそうな寝息が洩れ始めた。

　修一は安堵した。


　――あれから十日か……。

　修一は、あらためて弟の弘に言った。

「オープン戦じゃなく、ペナントレースが始まってからと計画してたら、おやじは野球を見に行けないままになってたわけだ」

「うん」

「あれは君の手柄だった」

「手柄というほどのものでもないさ」

二人は、父の柩の前で酒を飲み続ける。

修一の脳裡にふとまた、さっき弘の受けた小野寺という人からの電話への疑問が甦った。

「国鉄のことで、今西さんに戦後大変お力添えをいただいた者です」——。

「無為」の夜、修一は幼少時からその時代にかけての、もう四十五年から五十年も前の記憶をたどり始める。

三

大分駅に近い鉄道局の官舎。小学校低学年の修一は、ほとんどボールが見えなくなる薄暮まで野っ原で三角ベースに興じ、弟の弘を連れて帰ってくると、家の客間のほうから大勢の大人の男たちの賑やかな声が洩れていた。

足音を忍ばせて客間に近づき、気付かれないように襖《ふすま》をわずかにあけてのぞくと、酒の匂いがぷんと鼻をつき、父を上座にして若い男たちが五、六人、テーブルを取り巻いているのが見えた。一人が、カツレツを食いちぎろうとして大皿に頭を付けんばかりにし、悪戦苦闘している。修一は、のぞき見るのが気の毒になり、そっと襖から離れた。

茶の間から台所をのぞくと、母とねえやさんが忙しそうに立ち働いている。母が修一と弘を見て言う。「二人ともお風呂場で手を洗いなさい。もうすぐ御飯だから。お父さんたちの邪魔しちゃ駄目よ」

そんな夜が何度かあった。やがて修一にもわかってきたのは、その若者たちの大半は、鉄道局の野球部の選手たちということだった。

家でときどき繰りひろげられるその光景は、修一が五年生のとき、父が大分から門司に転勤してからも続いた。

修一が父に連れられて最初に硬式野球のゲームを見たのは、大分で小学校三年生ぐらいのときだったと思う。確か、大分と鹿児島の鉄道局同士の試合だった。

門司に移ってからは、修一は、二つちがいの弘を連れて子供だけで見に行くようになった。門司鉄道局と八幡製鉄といった組合せに、大人たちの人気が集まっているようだった。

その頃になると、修一にも、父がなぜ、選手たちを家に呼んで御馳走するのか、父が野球部とどういう関係にあるのか、大体わかるようになっていた。父自身は本格的な野球をやらず、監督でもないが、大分でも門司でも仕事の合間に一種のマネージャーのような役を自発的に買って出ていたらしい。修一がものごころついたときから、父はやせていて、どちらかというと小柄で非力な感じがし、本格的な野球には向いていそうになかった。

門司では選手たちは、大分のときと同じように大勢で家に食事に招かれることもあれば、夜遅く、あるいは休日に一人か二人で父を訪ねてくることもあった。

その中で修一は、及川という選手と親しくなった。背の高い一塁手だった。たまに明るいうちにやってくると、弟の弘はその頃はまだ小さくて無理だったが、修一のキャッチボールの相手になってくれた。

及川さんとしては、小学生が相手だから手加減しているつもりでも、修一にとってはグローブをはめた左手がしびれるほど痛かった。いきおい、修一にも対抗心が生まれて全力で投げ返す。肩に力が入ってとんでもないコースに飛んだり、ワンバウンドになったりする。しかし及川さんは、どんな球でも優雅な手つきでいともかるがると捕ってしまうのだった。

ときには父が修一に代って及川さんとキャッチボールをやる。しかし及川さんにくらべると、父はとても上手とはいえなかった。そして及川さんの球を捕ると、しばしば「イテテ」と言って顔をしかめていた。

修一は及川さんのほかにも、何人かの選手の顔と名前を知った。彼らも「修一君、勉強しとるか」とか「もうすぐ中学受験か。頑張れ」などと声をかけてくれた。「中学で野球部に入ったら、俺が個人コーチをしてやる」と言う人もいた。

しかし、やがてそれどころではなくなった。修一が中学に進む頃、太平洋戦争は激化の一途をたどり、北九州工業地帯も頻繁に敵機の空襲を受けるようになった。

父が選手たちを呼んで栄養をつけさせていた官舎での集まりも、自然に消滅した。食糧不足のせいもあるが、それよりも、それまで集まっていた顔触れが、一人また一人と召集され、戦場に駆り出されて行ったからである。

もちろん、鉄道局も野球をやるどころではなくなった。

しかし、国鉄マンを父に持つ修一少年の関心あるいは誇りは、もともと野球よりは、鉄道そのものであった。とりわけ蒸気機関車の姿が修一を魅了した。

官舎は、関門海峡を背にした門司駅の近くの山の手にあった。現在の門司港駅である。現在の門司駅は、当時は大里駅といって小さな駅だった。

当時の門司駅は、九州各地に伸びる幹線鉄道を束ねる重要なターミナルだった。関門海底トンネルが開通するまで、本州から九州に渡る乗客や貨物は、関門連絡船ですべて一旦門司駅に集まり、そこから九州各地に散った。九州から本州に渡る場合も同様である。

修一は大分から転校してくると、まず、堂々たる洋風建築の門司駅の駅舎を誇らしく思った。父は、ここを根城とする重要な仕事にたずさわっている。それは父の城のように思えた。

そして、そこに発着する蒸気機関車、それに連結された客車や貨車。機関車の巨大な車輪と、黒ぐろとたくましい車体、噴出する白い蒸気、緩から急へと力強いリズムを刻み、不屈の意志を感じさせる走行音、もくもくと湧き出し、たなびく煙、その一つ一つに、修一は快感とともに畏敬の念を抱き、機関車が、理性と情熱のバランスを保った賢い生き物のように思えた。

修一は、鉄道局での父の仕事の内容や地位については何も知らなかったが、自分の父がその賢い生き物の群れを統御する仕事にたずさわっていることに誇りを感じていた。

そして、敗戦。


そこまで頭の中でたどってきた修一は、冴子と、弘の妻の民江が部屋に入ってきたので、追憶を一旦中断し、隣の弘に語りかけた。

「小野寺さんって、野球をやってた人のような気がするな、国鉄で」

「心当り、ある？」

「いや、ないけどね……。門司の家に遊びにきてた人たちの中で名前を憶えているのは、及川さんぐらいのものだけど、何か野球に関係ありそうな気がする」

根拠はない。ただ、今まで脳裡で大分や門司の官舎の情景を思い浮かべ、鉄道局の野球の選手たちがそこに出入りしていた姿を思い出していたので、さっきの電話の主をそれに結び付けたのだと思う。

「いや、やっぱり関係ないな」

修一は自分で打ち消した。「国鉄のことで今西さんに戦後大変お力添えを」云々という電話の内容は戦前戦中の父と選手たちとの交流とは縁がなさそうだ。

冴子と民江が部屋にきたのでこれでロンドンの澄子を除いて身内が全部揃った。

――せっかく澄子が直行便で帰ってくるなら、出棺前におじいちゃんと対面させてやりたいな。

火葬場に向かうのは午後二時頃の予定である。弘と相談して二人の仕事の関係には密葬と言ってあるが、それ以外にはあえて断るまでもなく、自然に身内だけの弔いになっている。

夜が明けると葬儀屋さんがきて、この部屋に簡単な祭壇をしつらえる。やがてお坊さんにきてもらってお経を上げてもらう。近所の人たちがいくらかは焼香にきてくれるだろう。それとて父と顔見知りだったわけではなく、三年前に死んだ母と、妻の冴子の近所つきあいの人たちである。

――しかし、少なくとも一人、下関から小野寺という人がやってくる……。

それだけが、修一にわずかな緊張を与えている。

淋しいといえば淋しい弔いだ。しかし遺族にとっては気がらくである。というだけでなく、あれこれの形式に追われずに済む分、死者を身近に感じ、死者と身内だけの無言の会話を、しみじみと交わせそうな気がする。

「伯父さん、これ、おじいちゃんですか」

古いアルバムを繰っていた麻里香が、修一のほうに向けて一葉を指した。

「そうそう、これは門司だね。四十ぐらいのときかな」

「へえー……。今のお父さんよりずっと若いのに、ずっと貫禄がある」

弘が娘のことばに苦笑いし、やがてひとこと言った。

「明治の男だものな」

「明治……何年生まれ？」

「三十六年」

「西暦でいうと一九〇三年だよ」

修一が付けたした。そして、弘の言ったことばを独り言のように繰り返した。

「明治の男か……」

麻里香は、それ以上父に質問しない。修一は、弘のひとことが妙に説得力を帯びているように感じた。

門司鉄道局の野球チームの記念写真である。大判で布貼りの、重くて立派なアルバム、黒い台紙にキャビネ判ほどの大きさの白黒の写真がコーナーでとめてあるが、四隅のうちコーナーが一つだけ抜け落ち、写真の角が少しめくれ上がっている。十五、六人ほどのユニフォーム姿の画像は当時の写真にしては鮮明だが、年月を経て全体に茶色がかっている。

その後列の右端に一人だけ背広姿がいる。それが今西一成である。黒っぽい服に黒っぽい蝶ネクタイ、ふさふさと整えた髭、広い額に奥まった瞳、なるほど麻里香が「お父さんよりずっと若いのに、ずっと貫禄がある」と言うのも無理はない。

修一は、ユニフォームの群像を一人ずつ見ていった。及川一塁手はすぐわかった。あと何人かの面影も記憶にあるが、名前は思い出せない。

「兄さんも僕も、このアルバムからはだいぶ失敬したね」

「そうそう、家を出るときにね」

二人とも、東京の大学に行くために上京して下宿住まいを始めるとき、このアルバムから、自分の幼少時代の写真を中心に何枚かずつはいで行ったのである。修一は、二年遅れて家を離れた弘から「めぼしいのは兄さんが全部はいじゃった」と文句を言われた記憶がある。

しかし、息子たちがはいで持ち出さないまでも、この父母の唯一のアルバムは、昭和二十年で終わっている。以後は、のどかに写真に収まるどころではなかった。それは、このアルバムの後半が、コーナーをはいだ跡もなくきれいなままブランクで残っていることに示されている。

修一は、その部分の分厚い黒の台紙を見るともなしに見るうちに、一旦中断していた当時の追憶に戻ってゆく。

敗戦、そして父の失職——。

父はまず、官舎を明け渡さなければならなかった。修一が中学二年、弘が小学校六年生のときである。

父の故郷は宮崎、母は金沢の出だった。二人とも大正の終り頃に勉学のために上京して出会ったらしい。

当然まず、父の故郷の宮崎に帰る案が検討された。父には宮崎に兄が一人いて中学の教師をし、祖父に先立たれた祖母を養っていた。教師のかたわら多少の農地も耕している。まず家族の日々の食糧確保が先決あるいは唯一最大の生きるテーマであったこの時代、一時的にせよ父が兄を頼るのは当然だった。

しかし、父はそれをいさぎよしとしなかった。大きな家具を売り払い、関門海峡の裏手、周防《すおう》灘《なだ》寄りの低地にあった掘立て小屋同然の家を借りて移った。折りしも二月上旬、玄界灘から海峡を吹き抜けてくる北風が板の隙間から容赦なく室内に吹き込み、一家四人は火鉢の周りで掛けぶとんを背負い、背をすぼめていた。修一は、そんなある夜、炭火に手をかざしながら父に言ったことがある。「武士は食わねど高楊枝」

修一を見た父は意外に真顔だったが、すぐかすかな笑みを浮かべて言った。「楊枝もない」

たけのこ生活がはじまった。まず父の蔵書の大半、それから母の着物類、わずかに残っていた父の趣味の陶器、銀製の懐中時計、掛軸、ついには父のカシミヤのオーバーコートも、父の皮膚をはぐように姿を消した。

そうして食糧に化ける物が底をつくと、父は毎朝早く家を出るようになった。土木工事の日傭いである。さすがに国鉄工事の口は避けていたようだ。寡黙な父が、修一に一度だけ言い訳のように言ったことがある。「ひとさまに助けてもらうより、このほうがよっぽど気持いい」とはいえ、長いこと国鉄のエリートとして生きてきた男のことだ。たまにならともかく、毎日が力仕事とあっては大変である。家に帰ってからの疲れた様子はおおうべくもなかった。しかし父は、手内職ではいくらの足しにもならないと言って母が働きに出ようとするのを絶対に許さなかった。そのやりとりの一齣《ひとこま》は今も修一の脳裡に残っている。内職の袋貼りをしながら、母が吐き捨てるように父に言ったのだ。「見栄っ張り」

修一も、学校から帰るとアルバイトに通った。しかし、中学生を半日働かせてくれる口といえば、町工場の補助的な仕事ぐらいのものだ。学校の月謝がやっとという程度だった。

そんな中で、父が仕事にあぶれた日など、父子三人でよくキャッチボールをした。といってもボールは毛糸屑をぐるぐる巻いて布をかぶせた手製である。及川さんに相手になってもらっていたグローブつきのキャッチボールには及びもつかない。

まず父と修一がやる。父はすぐ疲れて汗ばんだ。そしてボールを弘に渡す。兄弟が始める。

しばらくして父が修一と代ることもあり、そのまま先に家に入ってしまうこともあった。終わると、三人並んで縁側で脚をぶらぶらさせ、父は当時としては貴重品のようなタバコに火をつけ、ゆっくりと吸い込み、そして吐き出すと、煙の行方を眼で追っていた。そして三人は黙りこくったまま、空腹を感じ続けているのだった。

半年ほど経つと、父はとうとう寝込んでしまった。母が父に内緒で、金沢の実家に窮状を訴えたのはその前後のようだった。それがわかったときは父は大声で母を叱りつけたが、やがて母の計画を受け入れた。金沢の母の実家は小さな旅館で、祖母がやっていた。万策尽きた今西一成は、とりあえずその旅館の一室を家族の住まいとし、ゆるゆると再起をはかれという義母の申し出に従わざるを得なかったのである。一家は、修一が中学三年生で弘が中学に上がった昭和二十一年の秋に、金沢に移った。

父はひねもす家にいることが多くなった。修一が学校から帰ると、たいてい小机の前に正座して、左手に巻紙を持ち、小筆をさらさらと滑らせていた。ときおり修一が父の背中越しにのぞき込むが、漢字の多い行書と草書の中間のようなくずし字で、とても判読できない。「和歌でも詠んでるの？」と聞く修一に、父は苦笑して答えた。「いや、手紙だ」

母方の祖母の援助もあり、修一と弘は金沢の高校を出ると、二人とも東京の大学に進んだ。父母が宇都宮に移るという父からの手紙が修一と弘の二人宛にきたのは、弘が大学に入ってすぐのことだった。宇都宮……？　修一も弘も解しかねた。やがて明らかになったのは、父と同じように国鉄を中途で退職した人が、故郷の宇都宮で書店を始めることになり、書物に詳しい父に店を預かってもらいたいとの申し出があったということだった。本の仕入れと店番である。

父は、弘が高校を出るのを待っていたようだ。修一も弘も、こういう状況で大学に進むからには、アルバイトによる自給自足が前提だった。父はようやく母と二人だけのことを考えればよいようになり、母の実家の傘の下を脱したのだった。

しばらくして、修一は弘と宇都宮を訪れた。どんな書店かと思っていたら、それは古本屋だった。天井に届くまでにうずたかく積まれた古書の奥の帳場に、父の顔があった。元気な様子だった。

「どうだ、似合うだろう」

「うん、まあね」

結局父は、それをついの生業《なりわい》とした。そして、古本屋の二階の住居もついの棲家《すみか》にすると言っていた。足腰が急速に悪化しなければ、そうなっていたかも知れない。

「お父さんって、野球がよっぽどお好きだったんですね」

民江が修一の回したアルバムの写真を眺めながら言う。修一が答える。

「うん、野球が好きなのと、若い人たちの面倒を見るのが好きだったんだろうね。あの頃は」

それから思いついて付け加えた。

「頑固で一匹狼の反骨に似合わずね」

すると、弘が口を挟んだ。

「いや、兄さん、反骨だからこそ、若い人たちの面倒を見るのが好きだったんじゃないかな」

「なるほど」

民江と一緒に写真をのぞき込んでいた冴子が、修一に言う。

「あなた、弘さんとオープン戦に父さんを連れてって、せめてもの最後の親孝行ができたわね」

「そう解釈したいね」

ふと麻里香を見ると、ふっくらとした顔がいくぶん眠たげである。壁の時計を見ると三時に近い。

「麻里香ちゃん、寝《やす》んでいいよ。澄子の部屋で」

そして冴子と民江にも就寝を促した。

「あした……じゃないか、今日もあるし。俺たちも交替で寝よう。だれか一人がおやじのそばにいればいいから」

「じゃ、兄さん、先に寝んでよ」

弘から言われ、まず修一が仮眠を取ることにした。

目が覚めて弘と交替したときには、夜がしらしらと明け始めていた。低い雲がゆるやかに東のほうに移動しており、その隙間から晨明《しんめい》の淡い光が洩れてくる。今日の天気は大丈夫だろう。

ビールの栓を抜いた。夜明けのビールの一杯はうまい。

もう一度父の顔を見たくなった。ビールを飲み干し、柩のふたをあけた。

さっきから回想にふけっていたせいか、妙な感想が湧いてきた。

――おやじは、俺が五つのときも、中学・高校生の頃も、三十になっても五十を過ぎてからも、ずっと同じ顔でいたような気がする。

――俺のイメージでは、おやじの若かった頃の顔も若くはなく、老いてからの顔も昔のままだった。コンスタントだった。それが今、死んで一気に老いた……。

「明治の男だものな」――さっき、弘が娘の麻里香につぶやくように言ったことばが甦った。

四

玄関のブザーが鳴った。

——お坊さんかな？　少し早いな。

修一が奥の部屋で立ち上がると、玄関に応対に出ていた冴子が驚いた表情をして入ってきた。

「お坊さんか」

「いいえ。あなた、年輩の男の方が五、六人見えているのよ」

「え……？」

修一は弘と顔を見合わせた。それから玄関に急いだ。

玄関の中の造りが狭いので入り切れず、半開きにしたドアを一人が支えて、マンションの外の廊下に何人かがあふれている。

「昨日お電話した小野寺と申します」

中央の銀髪の老人がそう言って深ぶかと頭を下げた。

「あ……小野寺さん。一成の長男と次男です。御遠方からわざわざどうも……。皆さん、どうぞお上がりください」

平静に言っているつもりでも、修一の心の中は動転している。うち揃って現われた、この一様に七十前後かと見える一団は何だろう。

——小野寺さん一人ではなかった……。

「では失礼して」

小野寺さんは皆に目配せをしてから先に靴を脱ぎ、隅に揃えた。そして修一に言った。「あとから列車組が三人来る予定です」

「は……」

「私たちは飛行機組で、羽田で落ち合ってまいりました」

修一は、まだまともにことばが出ない。弘も驚いて息を呑んでいる様子である。

やがて小ぶりの祭壇を設けた六畳間が、不意の弔問客でいっぱいになった。冴子と民江が、みんなのボストンバッグやコートを、襖をあけ放した隣の四畳半に運んでいる。

父とは二十歳ほどの開きがありそうだ。皆わりあいがっしりした体格をしている。

修一は一瞬はっと思った。

——野球部……。

あらためて皆の顔を見廻した。大分や門司で家に遊びにきていた顔はないか。

どうも思い出せない。

――及川さんは？

五十年近く経っても彼の顔なら見分けがつくはずだ。しかし、すぐにそれとわかる人はいない。

「このたびは……」

小野寺さんに合わせて、皆一斉に頭を下げた。全部で六人である。

――これだけ多くの人たちが、きのうの朝の父の死を、一体だれからどうやって聞いたのだろう。住まいはまちまちだろうに。

お坊さんがくるまで、まだ三十分はあろう。修一は祭壇を拝み終えた皆に、一旦応接室のソファでくつろぐことをすすめた。

「そうですか、今西さんはお家ではそういうことをあまりお話しにならなかったんですか。あの方らしいな」

小野寺さんはそう言って、冴子が緊張気味に配り終えた茶を一口含んだ。

やっぱり皆、鉄道局時代の野球部の人たちだった。そのうち大分か門司にいた人は二人、小野寺さんは現役の頃からずっと下関だそうだ。あとは仙台に熊本とばらばらである。

小野寺さんが「あの方らしいな」と言ったのは、おもに、父の各鉄道局時代の野球選手たちとのかかわりを指す。修一や弘の知っている大分や最後の門司の時代だけでなく、それまでも転勤する先々で、野球部員の生活面の相談相手として親しまれて信頼されていたという。

「役職上は何の関係もないんです。今西さんは局内のもっと重要な部門を歴任なさっていた。御本人はね、自分は野球が大好きだけど力がないから、自分の愉しみのために皆とつきあいたいだけだとおっしゃってましたけどね」

そのために監督や正式のマネージャーがやりにくくなるような動きは絶対に避けるようにしていたと小野寺さんは言う。

しかし、と修一は思う。父はそのつもりでも、監督やマネージャーとしては面白くない面もあったのではなかろうか。

その質問を控え目に向けると、小野寺さんはひとことで言った。

「いや、お人柄ですよ。それに、試合中にベンチにお入りになることは絶対になかったし」

戦前、各地方の鉄道局は、都市対抗野球で都市の代表としておおいに活躍し、大都市のクラブ・チームや大会社のチームと相拮抗していた。

「今西さんは、その縁の下の力持ちの重要なお一人だったと私たちは思っています。何よりも、鉄道野球にプライドと見識をお持ちだった。お宅にお邪魔すると、日本のベースボールの発祥地は鉄道局だったという話をよくなさっておられた。そういう話はお聞きになったことはあるでしょう」

「いいえ、なにしろ家では無口でしたから」

「そうですか」

小野寺さんは、それなら今あなた方に話さずにはいられないといった調子で話し出した。

明治四年、鉄道局の平岡凞《ひろし》という技師が汽車製造技術の研究のために渡米した。当時アメリカではすでにプロ野球チームも生まれており、アマチュアのあいだでも野球は盛んになっていた。

平岡は明治六年に帰国する際、一本のバットと三個のボールを持ち帰った。これを元にその年、新橋の鉄道局内に、新橋アスレチック・クラブという日本初の野球チームが誕生した。当時の局長もたちまち野球狂になってしまったらしい。新橋駅の構内にグラウンドが設けられた。それから次第に野球が普及し始め、高等学校や大学にも同好会が生まれたが、学生野球の黎明期の雄として有名になった一高野球部が創設されたのは、新橋アスレチック・クラブに遅れること十五年、一八八八年だった。平岡の帰国によって新橋の鉄道局に野球クラブが生まれた前年には、奇《く》しくもその新橋駅から、これも日本初の鉄道機関車が横浜駅に向かって発車していた。

「そういう話を今西さんはよくなさいました。そして『汽笛一声新橋を』の歌にちなんで、

『バット一閃新橋を』と言われたのをよく憶えています」

「なるほど、それが日本の鉄道野球の伝統の源になったんですか。初めて知りました」

「そうですか……。それで、今西さんが門鉄をおやめになって四年ほど経ってから、プロ野球の国鉄スワローズが誕生したんです。今西さんはすでに利害関係はまったくないのに、蔭ながらスワローズの実現に尽力なさった。そのお話は御本人から少しはお聞きだったでしょうね」

「いいえ、全然」

修一は弘と顔を見合わせた。

「え……？　そうですか」

「父は、辞めてからは国鉄のコの字も口にしたことはなかったんです」

「そうですか……」

プロ野球の二リーグ制移行を機に、国鉄スワローズは、ときの国鉄総裁加賀山之雄の提唱で球団結成に向かった。資金は、鉄道弘済会などで成る国鉄の外郭団体の交通協力会を中心に醵《きょ》出《しゅつ》された。

「問題は選手の確保です。それまでの八球団が一気に十二になるものですから、既成のプロ球団は後発の国鉄まではとても選手を回せない。大学、社会人、中でもお膝元の鉄道管理局の優秀なのを持ってこざるを得ない。ここで、三年前に当局によってクビを切られた今西さんが、眼に見えない貢献をしたのです」

指名を受けた選手の何人かが、プロに行くべきか否かに悩み、すでに金沢に引っ込んでいた今西一成の許に、ひそかに相談に行ったという。

——知らなかったな。俺も弘も学校に行っていた間のことだったのだろう。

「それほど、今西さんは全国の鉄道局の野球部員の信頼が篤かったんですよ」

「父はその人たちにどう言ったんでしょうね」

「実は私もその一人でした。今西さんはおっしゃいました。他人の評価に左右されず、本当に野球が好きでたまらないのなら、若さをぶっつけてみたらどうだ。そしてね、日本の野球発祥の鉄道局が、遂にプロ野球に伍する日がきたかとおっしゃって感無量の御様子でした」

小野寺さんは、四十年以上も前の父とのやりとりを、まるできのうのことのように話す。

「それで私もプロに入りました。もっとも力及ばず二シーズンで国鉄職員に舞い戻りましたけど、二十代でなければできない得難い経験でした。本当に感謝しています」

野球の話になると止まらない感じだ。

——弘に電話で、おやじに国鉄のことで戦後お力添えをしてもらったと言ったのは、「国鉄スワローズ」のことだったのか。

小野寺さんだけが熱弁をふるっていたが、その隣の老人がやっと割り込んだという感じで口を出した。

「プロが生まれる前後もそうですが、今西さんが戦後すぐにああいうことでお辞めになってから、金沢に移って行かれましたね。私たちもときどきお便りしましたが、ずいぶん多くの仲間が今西さんから励ましのお手紙をいただきましたよ、流麗な達筆でねえ」

　その横の老人が、

「巻紙に毛筆ですよ。なんせこっちは教養がないものだから、読めない字が多くて時間がかかってねえ」

　控えめな笑いがひろがる。ふたたび小野寺さんが口を開いた。

「戦争が終わって、さあいよいよ野球が再開できると皆で喜んでいた矢先にねえ……。選りに選って今西さんがあんな目に遭われるとは……」

　小野寺さんはことばがふるえて詰まり、うつむいて目頭を押さえた。

　修一は、さっきから聞きたいことがあるが、小野寺さんの話に割り込めなかった。やっと口を出した。

「あの、わずか二十四時間ほどの間に、どうやって皆さんお揃いになれたのか……。すみません、私たちは昔の父のそういうことをほとんど知らなくて、お知らせしたのは五年前まで父母がお世話になっていた宇都宮の方だけでした」

「そう、その古田さんから私が連絡をもらったんです。あとはお察しがつくでしょう」

「ははあ……」

「古田さんは東鉄、あ、東京鉄道局ですね、そこで野球のコーチをやってた人です」

四十年も昔の野球仲間のつながりが、こんな年齢になっても生きているのか。修一は内心で驚くばかりである。

「あの、実は」

修一は小野寺さんの話が一区切りしたところで言った。

「父は死ぬひと月ほど前、珍しく国鉄ということばを口にしたことがあるんです」

「ほう」

「弘と三人で一度野球を見に行こうという話になり、どこのゲームを見たいかと父に聞いたところ、コクテツと」

「え？　あのヤクルト・スワローズのことをですか」

小野寺さんはうれしそうな顔をしたが、すぐに今度は悲しげな表情に変わった。

「ひと月前……。それじゃ御覧になれないまま」

「いいえ、それが見に行ったんです。ちょうど十日前です。神宮球場のスワローズ対バファローズのオープン戦です」

修一は小野寺さんたちに、ゲームの様子と父の反応をかいつまんで話した。

「そうですか。御覧になれたんですか。よかった。わずか十日前にねえ。親孝行なさいましたね」

——やっぱりおやじはあの頃、すでに死期を予感していたのか。

修一は、ふたたびそう思う。「これからもときどき外出しようよ」と修一が言ったのに対し、「いや、もういい。気が済んだ」と答えていた。

これがこの世で最後の野球観戦と自覚し、一投一打を食いいるように見つめていたのか。いつになく眼が輝きを帯び、声にも張りがあった。

今度は麻里香が、新しい茶と和菓子を盆に載せて捧げ持ってきた。老人たちの前にきちんと坐り、一礼し、茶菓を差し出す。

「娘です」

と弘が紹介する。

「これはこれは。そうすると今西一成さんのお孫さん」

「そうです」

「お美しい。どこかおじいさんに似ていらっしゃる」

麻里香は軽い恥じらいを見せ、また一礼して退って行く。

「実は僕たちは二人とも、娘一人ずつなんです。それで、父が元気な頃、そうですねえ、七十過ぎまで家の前でやってたようなキャッチボールの相手がいなくて、不自由してるんですよ」

修一のことばに小野寺さんが静かに笑顔を見せた。

キャッチボールのことを自分で口にしたために、修一はふと、門司の時代に遊んでもらった及川一塁手のことを思い出した。

「あの、父が門司に転勤したての頃、門鉄に及川さんという一塁手がいて、私が小学生の頃、よくキャッチボールの相手をしてもらったんですけど」

「ああ、及川君ね」

小野寺さんは一呼吸置いて言った。

「フィリピンで戦死しました。確認の知らせが届いたのは、確か終戦の二年後だったと思います」

「そうですか……」

——戦死……及川さんは、五十年近くも前に、二十そこそこで亡くなっていたのか。

修一のどんな悪投でも余裕をもって捕ってしまう及川さんの身のこなしと、及川さんの球をグローブで受けたときのしびれるような痛さが甦った。

予定より二十分ほど遅れて、お坊さんが車で到着した。

読経が始まった。後ろに坐るのは、澄子が加わっても六人の身内だけだった予定が、倍の十二人。やがて読経の途中で三人が加わり、後列に静かに坐った。小野寺さんの言っていた「列車組」だろう。

――お父さん、思いがけず密葬じゃなくなったよ。一種の野球葬みたいになったよ。

修一は、正面の父の遺影を見つめて、心の中で語りかける。十日前の野球見物の帰りに、神宮外苑の銀杏並木の下で弘が撮ったモノクロームの一枚である。

読経が終わり、葬儀社の人が柩を降ろした。

「皆さん、御故人との最後の御対面です」

柩のふたがあけられ、修一から順々に一輪の花を供えながら父の死顔を拝む。妻たちと麻里香の嗚咽《おえつ》が洩れる。

――澄子は、間に合わなかったな。

かつての鉄道局野球選手、今は七十代の老人たちが柩を囲んだ。おそらく皆、四十数年ぶりの対面であろう。

「今西さん」

「今西先生」

口ぐちに呼びかけ、語尾が震え、しわがれた、あるいは骨太な嗚咽となる。

玄関のドアのあく音がし、一陣の風とともに澄子が飛び込んできた。

「おじいちゃん……」

澄子は、柩の中の祖父の死顔と対面するなり、振り絞るような声で呼びかけて泣き出した。

――冴子が評した、おやじと澄子の「綾取り」の紐を、おやじが引いてやったんだろう……。

一同の今西一成との最後の対面が終わり、柩のふたが閉められ、係が釘を打つ支度をする。

「すみません、ちょっと待ってください」

修一は急いで自分の部屋に行く。

戻ってきた修一は、花で埋まっている遺体の脇や足許に、隙間を見つけては置いてゆく。使い古したグローブ、バット、それに、だいぶ前にあるスタープレーヤーからもらったサインボール。

――ボールがなきゃ、野球はできないものな。おやじ、惜しいけど、あげるよ。

最後に、スワローズとバファローズのオープン戦の半券を入れた。

「よろしいですか」

係が念を押して、あらためてふたを閉め、釘を打ちつけ始めた。

後ろのほうで、老人たちが合掌し瞑目している。

棺が階段を降り始める。前後を葬儀社の人が固め、修一と弘が横から支える。

——お父さん、家に来てから地上に降り立つのは、これが二回目だね。

——しかし、もうすぐ地下に行ってしまうのか……。

霊柩車の内部は、十日前に弘が借りてきたワゴン車の中の広さとたいして変わらないように見える。

——神宮球場にワゴン車で行ったときも、おやじは同じような姿勢で寝ていたのだった。

幽明境を異にせず……ふとそんなことばが修一の脳裡をよぎった。

消えたエース

一

ベースボールは、今日もさりげなく始まった。

スタンドから眺めていると、守備に散ってゆく選手たちは一様にはにかみ屋の少年で、それぞれが、さっきまで横にいた好きな女の子に肝心のひとことをなかなか言えず、とりあえず彼女の許から小走りに去ってゆく姿のように見えた。ややあってバッターボックスに向かう相手チームのトップバッターはと見れば、宇宙の原理だか恐竜の分類だか、何かの考えにとりつかれていた内気な少年が、やがて顔を上げ、ふと道端の小石を軽く蹴って歩き出す姿のように見えた。

球審がプレーボールを宣した九秒後、ピッチャーの指から白球が放たれた。右打者の外角をつくストレート、球審はストライクをコールした。

その瞬間、それまでフィールドに漂っていたさりげなさと、内気ではにかんだ風情は消え失せ、みんなが一斉に牙をむいた。両チームの選手、監督、コーチ、審判、それに、スタンドの四、五千人の観客のすべてが、牙をむいた。

——ああ、これだ。こたえられないこの一瞬。

わたしは三塁側内野席の中段で、背筋にぞくりとくるものを覚えた。

人間だけではなさそうだ。白くなめした革に赤い糸を百八針通された真新しいボールも、その一瞬まで、ピッチャーのてのひらに包まれて無言ではにかんでいた。そして、ピッチャーの指先から躍り出て時速一四八キロの勢いでキャッチャーのミットに収まった瞬間、ボールも白い牙をむいたのである。

春先の香川県高松でのオープン戦、わたしは仕事をやりくりして、今年も東京からやってきてよかったと思う。いつごろからか、この一瞬のこころよい緊張を味わうことが、わたしにとっては、生きていてまた春がめぐってきたという気配のあかしになっている。

「清家《せいけ》さん」

声をかけられて振り向くと、スポーツ記者時代の知人の井沢敏である。年に何回かはいろんな球場で出会う。

「やあ、久しぶり」

「相変わらず閑人《ひまじん》やってますね」

「それがやりたくて記者をやめたんだから。しかし、あなたは記者席にいなくていいんですか」

「今日は若い記者を連れてきてますから」

井沢はわたしより二つ三つ若く、五十になったかどうかというところだと思う。新聞社は別だったが、いろんな球場で席が隣合わせていて仲よくなった。

「貫禄だな。ぼくもそう言えるぐらいまでやってればよかったよ」

わたしは、三十になるかならぬかで新聞社を辞めて転職してしまった。

一回の表、タイガースは、ジャガーズの大浦投手に三者凡退にうちとられた。

「これでスタンドを一巡してたらね、清家さんをキャッチしたんですよ」

井沢は、手にしている双眼鏡をわたしに示した。

「まったく、油断も隙もあったもんじゃないな。どうせ、あなたは、これで美形を物色してたんでしょ」

「そんな……。もう五十ですよ」

「それが関係ありますかね」

「まあ、実は図星ですけどね」

わたしは、井沢の手から双眼鏡を取った。

「清家さんも……」

わたしは、井沢の冷やかし半分の声を聞き流しながら、双眼鏡を眼に当てて、まず、ピッチャーを中心に守備を固めてかがみ腰になっているタイガースのナインの姿を追った。

「わたしはね、プレーヤーにしか興味がないんですよ」

そう言いながらも、一応はスタンドの観客にもレンズを当て、ゆっくりと眺め回した。

一塁側内野席の中段の一点に来て、双眼鏡を持つわたしの手が止まり、そのまま数秒が経った。

「お好みの美女がいましたか」

わたしは一旦双眼鏡を下ろして答えた。

「いや、男だ」

――まさか、春名大五じゃないだろうな……。

わたしは、タイガースの湯舟投手の投球の合間を縫って、二度三度、レンズを通して一塁側内野席の一点を凝視する。

こういうとき、野球は助かる。ピッチャーの一球一球、そしてそれによって生起する一球ごとの白球の行方、ヒットか、凡打か、ファールか、空振りか、見送りか、等々の帰趨《きすう》は瞬時にして決まる。その一瞬一瞬から、わたしは絶対に眼を外したくない。しかし、そのボール・イン・プレーが終わって、ボールがふたたびピッチャーの手に渡って次の投球に移るまでには、狙いを定めた一点に双眼鏡のレンズの焦点を合わせるぐらいの間合いは十分にあるのだった。

——春名大五……？　まさか。

わたしが、三十になるかならぬかで新聞社のスポーツ記者を辞め、縁故を頼って今の製紙会社に転職したのは、ごく単純な理由からだった。一ファンとして球場に通いたいという欲求をどうしても克服できなくなってしまったからである。スタンドで野球を見ているあいだだけは、閑人でありたかったのだ。それは、わたしにとってかけがえのないものだという思いを捨て切れなかった。

大学を出て新聞社に入り、スポーツとりわけ野球の記者を命ぜられたときは、今のことばでいえば内心で「ラッキー！」と叫んだものだ。その昭和三十八年は、セントラル・リーグでは読売ジャイアンツが、パシフィック・リーグでは西鉄ライオンズがそれぞれリーグ優勝した年だった。日本シリーズはジャイアンツが制した。川上哲治が監督に就任して三年目、長嶋、王を擁し、川上監督としては三十六年についで二回目の優勝をとげ、四十年からのリーグ、日本シリーズ九連覇への土台づくりとなった。ライオンズは中西太《ふとし》がプレーイング・マネージャーになって二年目、チームは黄金期を過ぎていたが、ロイ、バーマ、ウィルソンといったアメリカ人選手をうまく使い、ペナントレース終盤に南海ホークスを大逆転の末に抜いて優勝し、最後の光芒を放った年である。そして、翌年からは南海ホークスがリーグ三連覇を飾る。監督は鶴岡一人だった。ちなみに、今わたしたちの眼前で、大阪ジャガーズを相手にオープン戦を始めている阪神タイガースも当時は強く、藤本定義監督のもと、昭和三十七年と三十九年にリーグ優勝を果たしている。

このように、わたしがスポーツ記者になった頃、プロ野球はおおいに盛り上がっていた。翌年は東京オリンピックの年でもあった。

それなのに、プロ野球の駆け出し記者を始めて五年六年と経つうちに、おかしなことに、野球の現場にいちばん近い場を占めていながら、かえってそのことによって、野球を愉しむことからいつも遠ざけられているという感覚を打ち消せないようにもなっていたのだった。野球を愉しむということは、わたしにとってかけがえのないものだった。大げさに聞こえるかも知れないが、少年時代から終生の方針と決めていたものがあるとすれば、それだった。そんなわたしにとって野球記者の仕事はうってつけと思われたのに、そうではなかった。

記者席での、眼前の個々のプレーとスコアブックへの眼球の前後運動、プレーの評価、ゲームが中盤にさしかかってからは、頭の中での原稿内容の策定、そしてゲーム終了が迫ると、べンチ裏でのインタヴューに駆けつける準備。それらは仕事として当然のことであり、そして当然のことを毎日毎年続けながら、わたしは、野球そのものが、わたしから無情にも遠退《とおの》いてゆく感じに囚われていたのである。

野球そのものにいちばん接近でき、野球を愉しむのにとりあえずいちばん必要なのは、その間は身も心も閑人になることである。そう思い詰めるうちに、わたしはとうとう上司に社内での配置替えを願い出た。しかし、「何をこどもみたいな寝言を言ってやがる」と一蹴された。

わたしは本気で転職を考えた。せめて日曜日や週日の夜の野球場では、閑人として過ごせる境遇になりたい。そして今の会社に変わった。

「こどもみたいな寝言」。そう言われても仕方がない。本当にわたしはこどもに戻りたかったのだと思う。野球を見ている限りは、あの、身も心も解放されて閑だった少年時代に。

球場の外に群がる少年たちは、開門を今か今かとじりじりしながら待ちこがれている。ゲートが開くや否や、小走りに外野席の最前列をめざす。まれに小遣いが潤沢なときは内野席の切符を求め、それを、いささか晴れがましい面持ちで係員に差し出す。

そうして席を占めると、両チームの打撃練習とシートノックの一部始終はもちろん、軽いキャッチボールまで、選手たちの一挙手一投足を一つも見逃すまいと眼を凝らす。

その一見単調なウォーミング・アップがいつまで続いてくれてもいいという気持と、プレーボールを待ち望む気持が、不思議に矛盾せずに共存する。そうしてやがて、さりげない始動とともに、内気なはにかみ屋たちが一斉に牙をむく瞬間がやってくるのだった。

そして今日も、早春のローカル球場の三塁側内野席で、わたしはさっきまで、あの少年の日々の皮膚感覚が甦ってくるのに任せていたのである。

ところが、井沢から借りて手にした双眼鏡の視野に、春名大五の面影を宿した男が……。

——いや、もうかれこれ二十年以上も会っていないんだ。他人の空似だろう。

わたしは往年の春名の風貌を思い出しながら、もう一度、レンズがとらえた男の顔を凝視した。

濃い眉にくぼんだ眼窩《がんか》、がっしりしたあご、上背もあり、黒革のジャンパーに包んだ上体もたくましそうだ。

わたしは双眼鏡を下ろし、井沢に返しながら、彼の印象も確かめてみたいと思った。そこで男のいる方向を指さし、黒革のジャンパーを目じるしに追ってみてくれと言った。

「ああ、見えます。初老というか、五十代ぐらいの感じの」

「そう、だれかに似てませんか」

「さあ……」

「井沢さんも、かれこれ二十年以上まえに会ってると思う」

「二十年以上まえ……。野球の選手……？」

「うん」

そこまで気が付いても、井沢はまだ見当がつかないようだ。してみると、やっぱりわたしがまちがっているのかも知れない。もっとも、井沢はわたしほどには春名と親しくはなかっただろう。

「ピンときませんねえ、だれですか」

ジャガーズの二番バッターが、湯舟のカーヴをうまく叩いた。ショート右への低いライナー。タイガースのショート久慈が瞬時に反応して横っ飛びにダイヴしたが及ばず、打球は外野に抜ける。二人はしばらくプレーに注目する。

しかし結局、ジャガーズも一回裏無得点。

「清家さん、だれですか」

「いや、似てると思っただけで、自信があるわけじゃないんです。東海ペガサスにいた春名大五を憶えてませんか」

「春名……確か、あの、三十前後で急に引退したピッチャー」

「そう」

「もちろん憶えてますよ。しかしぼくの場合は大学生時代に一ファンとしてです。彼の出るゲームも何度か見ましたよ。そうそう、ぼくが就職したのは、確か、春名が引退した翌年です。一九六五年、昭和四十年」

「そうかぁ……」

「だから、記者として近くで見たことも会ったこともないんですよ」

「ごめんごめん、それじゃ、二十年以上まえどころか、あれからもうすぐ三十年になるのか。どうも大昔のことになるとこのとおりですよ。お恥ずかしい」

そう、わたしが記者になってからも、春名がマウンドを踏んでいたのはわずか二シーズンだったのだ。それだけに、春名が彗星のように輝いてたちまち消えていったという印象は強い。

タイガースの四番バッター、オマリーが、大浦投手のツーストライク・ワンボールからの四球目、左打者のふところにくいこむ速球を、ものの見事に叩き返し、打球はライトの上空に高く大きな弧を描く。

「まちがいなく場外ですね」

井沢の言うとおり、白球は春の陽光にきらきらと輝きながらゆっくりとした舞い姿を見せ、すべての外野席の観衆の頭を超え、外壁を超えて消え去った。

「そういえば、あれから三、四年で、東海ペガサスというチーム自体も消えちゃったんでしたね」

「そうだった。天馬空をゆくじゃなくて、天馬空に消えるといわれたもんでしたね」

井沢が話を接《つ》いだのがオマリーのホームランの直後だったので、わたしの耳には彼の「そういえば」が、今のホームランに結びつけたことばのように聞こえた。

「清家さん、何ならぼくが行って本人に確かめてきましょうか」

「いや、待ってください。行くならぼくが行きます。もう少ししてから」

わたしは、井沢を強く押しとどめた。わたしがじかに確かめたいという気持があった。それに、もしあの男が春名であるとすれば、井沢のジャケットの衿の、スポーツ記者クラブのバッジにきっと気付くだろう。そうすると、「そうです」となるべき返事が「いや、ちがいます」になるおそれもある。というのは、春名のやめ際には、何人かの記者とひと悶着あったと聞いた記憶が甦ったからである。確か、春名が激昂のあまり記者をなぐったとか、カメラを壊したとかいうことだった。

わたしは駆け出しだったから、取材をするにしても球場内でユニフォームを着た彼にしか接しなかったが、一悶着は球場外で起きたのだった。

だんだん思い出した。春名大五は、やめる前の三シーズンにめきめきと勝ち星を挙げ、最後のシーズンには本人にとって過去最高の二十二勝に達し、これからというときのオフシーズンに、球団から突然引退が発表され、本人の記者会見もなかった。ヴェテラン記者たちが球団に押しかけたが、球団も「個人的な事情」と聞いているだけといってさっぱり要領を得ない。そこで何とかして本人を探し出そうということになったのだろう。

確かあの頃、奥さんが急病死していたのだった。そんなときに記者たちは、たまたまどこかでつかまえた春名に「個人的な事情」について遠慮会釈のない質問をしたらしい。そして春名がかっとなってつい記者をなぐった。わたしの印象では、球場で接する彼は無口で温和だっただけに、それを聞いたときは意外に感じ、記者の態度がよっぽどいけなかったのだろうと思った。社に戻ってきたヴェテラン記者が、春名のことばをこう伝えていたのを思い出す。「野球場でのことを書くのがあなたたちスポーツ記者の仕事でしょ。それなら今でも話す。野球以外のことなら何も言うつもりはない」

春名のことは、それっきりわたしたち記者のあいだで話題にのぼらないようになった。その原因不明の消え方は、わたしには隠棲とでもいう印象を与えるものだった。

――あの一件以来、春名が新聞記者を極度に嫌いになったとしても、しかしもう三十年も経ってるからなあ……。井沢が行っても、そうかたくなにはならないと思うが。いや、やっぱり、現役の記者とわかれば、思い出したくもないことを思い出して、まずいことになるかも知れない。そうなると、何も知らない井沢にも迷惑がかかる。

そんなことを考えながら、わたしの頭はまた過去へと戻ってゆく。

春名のその後の消息が新聞に載ったという記憶はない。

また、記者たちにも、何とか探し出して記事にしようという情熱はなかったのだろう。東海ペガサスは、パシフィック・リーグの万年下位チームだった。三シーズンほど、春名がその弱小チームを一人で背負って支えるような勝ち星を挙げていたとはいえ、その注目度はチームの人気同様、決して高かったとはいえない。これがジャイアンツあたりの選手なら別だっただろうが。

入社したてのわたしは、グラウンドで春名を取材するのが愉しかった。だいいちに、ピッチャーとして好きなタイプだった。そして、何度か取材で会ううちに、人間的にも好きになった。駆け出しの新聞記者のわたしにも、無口ではあったが分けへだてのない態度で接してくれた。といって、特に私的に親しくなったわけではない。わたしが若造のままのわずか二年、選手と記者のつきあいに過ぎなかった。

「清家さん」

井沢から呼ばれて、わたしは追憶からさめた。

「あの大浦というピッチャー、どう思いますか」

「好きですね」

わたしは即座に答えた。

「さっきみたいにときどきポカがあって、ゲームごとにムラもあるけど、バッターにまっこうみじんに挑むところはいいね。まだヴェテランという感じはしない。しかし、もう、三十……」

「三十二ですね」

「スタートは遅かったんですよね」

「確か、三洋生命から二十五歳でドラフト外のテスト採用で入団したんです。ちょっと変わってますね」

わたしは、井沢に「まっこうみじん」と言ったことから、また春名大五を思い出した。春名も、そういうタイプのピッチャーだった。大浦は右腕で、春名はサウスポーだったが、ピッチング・フォームにも似たところがある。

オマリーに一発を浴びたあと、大浦はタイガースに得点を許さなかった。しかし四回を投げたところで降板となった。先発ローテーション入りのテストとして、監督やコーチからどんな評価が与えられるか。タイガースの湯舟は、今のところ、ジャガーズを零点に抑えて続投している。

「井沢さん、じゃ、ぼく、ちょっと行ってきます」

「そうですか。あとで聞かせてください。記者席に戻ってます」

わたしは、今度は双眼鏡によらず肉眼で、一塁側内野席の男の位置を確かめた。黒いジャンパー姿は、まだ動かずにいるようである。さっきから両隣の席は空いている。連れはいないようだ。わたしは、湯舟の投球を一球見届けてから出口に向かった。

「それで……?」

春名は低い声で言い、わたしに眼を向けた。

「はい、格別な用があるわけではなく、ただ、久しぶりにお姿を見て懐かしかったものですから」

わたしは、「失礼ですが春名大五さんではいらっしゃいませんか」という態度には出ないことに決めていた。ノーと言われればそれまでだ。万一人ちがいではあっても、いきなり「春名さん、お久しぶりです」と言おうと思っていた。ちがっていれば、そのときに「失礼しました」と言えばよい。しかしすでにわたしには、人ちがいではないという確信が生まれていた。根拠は薄い。強いていえば、気配のようなものだ。

真横に来て坐った男から「春名さん、お久しぶりです」と声をかけられた春名は、さすがに一瞬ぎくりとしたようだった。そしてわたしを数秒のあいだ見つめてから、低いがかなり強い調子で言った。

「わたしは新聞社の人に会うつもりはまったくありません」

わたしは、緊張するよりもうれしさのほうが勝っていた。三十年前に二シーズンだけ取材していた駆け出し記者のことを、この人は憶えていてくれたのだ。

「いいえ、わたしも二十年以上まえに記者を辞めました。取材とか、そういう意図はまったくないんです」

わたしは、そのせめてもの証明にと、製紙会社の名刺を春名に差し出した。「双葉製紙株式会社厚生部次長　清家鎮夫」そのとき彼が、それにちらりと眼をくれてわたしに「それで……？」と問うたのである。

春名がわたしの名刺をジャンパーのポケットに入れるのを見ながらわたしは、うれしさをことばに表した。

「よく、わたしのことを憶えていてくださいましたね」

「うん、何となく印象に残ってます」

「御一緒にゲームを見て構いませんか」

「それは、あんたの自由でしょ。今日は指定席はないし」

わたしは、隣に腰を降ろした。「歓迎してるわけじゃないよ」という彼の態度も気にならなかった。

「あほ」

と春名が言ったようだった。え？　とわたしは思った。しかし、それがだれに向けられているのかは、わたしにもすぐわかった。湯舟が四球に出したあと、ジャガーズの下位打線に二連続痛打を浴び、一点を取られて同点になってしまったのである。「あほ」は、二本目のヒットが生まれる直前の一瞬につぶやかれた。湯舟の投球はカーヴだった。わたしの眼にも少し甘いように見えた。

春名とわたしが腰掛けている位置からは、サウスポーの湯舟の投球、特にボールをリリースするまでの一連の動作や表情がよく見える。

「それで、あんたはなぜ、早くに記者を辞めたんですか」

春名は、初めてわたしに質問してきた。わたしは理由を述べるのは何となく恥ずかしかったが、なるべくキザに聞こえないようにと気をつけながら、ありのままに、自分でもこどもっぽいと自覚する退職の理由を告白した。

日にやけ、深い皺を刻んだ春名の横顔が、少し緩んだように見えた。今度はわたしに向けて「あほ」が発せられるのではないか。

ところが、春名はこう言ったのである。

「それは大事なことですよ」

意外だった。またまた、うれしくなった。わたしは、ゲーム進行中にあまり話しかけるのは迷惑だろうから、ゲーム終了後に少し時間をいただけまいかと、調子に乗って言おうと思ったが、それを切り出す勇気はまだ出てこない。

それからは、二人とも、特にわたしがつとめて無口になり、自然にゲームの進行に熱中した。ゲームは結局、一対一の引分けに終わった。両チームともピッチャーの調整は進んでいるが、バットはまだ春眠中といった感じである。決着がつくまでやってほしかったが、オープン戦では仕方ない。

春名が立ち上がった。わたしは思い切って切り出した。

「わたしにとってこういう機会はめったにないので、もし少しでもお時間があれば……」

「あんたはもう、取材しなくていい身でしょ」

「いえ、取材なんかではなく、春名さんからもう少し野球の話をお聞きしたいんです。昔の野球、今の野球、それに……」

と言いかけて、わたしは口をつぐんだ。

あなたは今、どこに住んでいて何をしているのか。三十年まえ、充実した成績を挙げ続けながら二十九の若さでプロ野球から去ったのはなぜなのか。怪我や故障の話は聞いていない。それに、今までの三十年、あなたは何をしてきたのか。

正直言って、聞きたいことは山ほどあった。新聞記者時代の職業意識が今もなお残っているのだろうか。

それを聞き出したとして、井沢ならともかく、今のわたしには何の役に立つわけでもない。しかし、知りたい。ただ知りたい。そんな気持が、つい「それに……」になった。しかし、春名は多分、わたしのそんな希望を聞けば、「やっぱりそれは取材じゃないか」と言って時間をくれないだろう。そこでわたしは口をつぐんだのだ。

「それに……何ですか」

春名はすかさず痛いところを突いてきた。わたしは、とんまな答え方をしてしまった。

「いや、それにというのは取り消します」

このとき、春名が初めて笑った。そして言った。

「ま、いいでしょう。少しなら」

「はい、ありがとうございます」

わたしの脳裡に、さっきまで一緒にいた井沢敏の姿がとっさに浮かんだ。記者席で待っているにちがいない。

しかし、春名は多分、井沢の同行を許さないだろうとわたしは思った。井沢はまだ現役のヴェテラン記者だ。さっきの春名の強い語調から考えると、「実は偶然、知人の記者が来ていて」などと言えば、せっかくわたしのもらった応諾まで取り消されかねない。

しかし、わたしは井沢の双眼鏡のおかげで、春名大五の姿を発見したのではないか。

いや、彼にはあとで謝ろう。あるいは、やっぱり人ちがいだったと嘘をつく手もある。それとも、春名大五だったけれど一切黙認して語らず、住所も教えてくれずに、時間がないからと立ち去った――にするか。

後者の嘘のほうがいいだろうと思った。前者なら、わたしはほどなく井沢のところに戻っていたはずである。それに彼は、わたしが春名の隣に居座り、二人でときどきことばを交わしながら最後までゲームを見ていた姿を、わたしに恩恵をもたらした当の双眼鏡で観察していたということもあり得る。

いずれにせよ、今は井沢に連絡をとるべきではないとわたしは思った。昔からの知人を裏切るのは気が進まないが、ここは、春名のプライヴァシーを護ることを優先させねばなるまい。

わたしは、このまま井沢を撒いてしまうことに決めた。そして、出口に向かう観衆の群れになるべく紛れるようにして、春名とスタンドをあとにした。井沢が双眼鏡でこちらを見ていないことを祈りながら。

二

二人のうどんをすする音が偶然ぴったり重なった。

「昔、地元の人に聞いたことがあります」

春名は、次の一口分を出し汁につけながら言った。

「今はどうか知らんが、讃岐では、うどんは朝からせいぜい昼過ぎまでに食べるもんだと」

午後の四時を回ったところである。春名は何を言いたいのだろうか。うどんにしようと言い出したのは彼である。

「なぜですか」

春名は、亡くなった老優の笠智衆のような語り口で、ぽつりぽつりと話す。

うどん屋は、朝早く起きて大量の粉を練り、延ばし、切り、ゆでる。そして釜からあげて水切りしたうどんをせいろに一玉二玉と並べておく。まもなく客が来る。

「それからうどんが生きているのは、せいぜい昼過ぎまでだと。地元の客はそれを知っている」

「うどんが、生きている……」

「そう」

うどんを作るには大変な時間と労力を使う。だから、一日にそう何回もできない。一般の家庭でも同じことである。

しかし、観光客が次第に増え、そうも言っておられなくなった。そこで、ひと休みして午後からまた仕込むようになった。それに、保存の技術と設備も進んできた。

「なるほど、それでわたしたちも今、こうして夕方に、生きているうどんを食べられると」

「そういうこと」

春名の出身地は確か和歌山市である。

春名は初めに、喫茶店は気が向かないと言った。わたしも同感だった。こういう人を相手に喫茶店の小さなテーブルを挟んでやりとりしていると、昔やっていた取材のような雰囲気になってしまいそうだ。

わたしは、少し早いけれど酒と食事でもと誘った。すると春名は、それほど腹は空いてない、それに酒はあまりたしなまない、と答えた。そして「うどんぐらいなら」と言ったのである。

実はわたしも、球場にいたときから、ひとりならそうしようと思っていた。讃岐うどんは大好物だ。そこで、去年出張で高松にきたときに立ち寄って気に入ったこの店に彼を案内したというわけだ。

浅い木桶の水に何玉分かのうどんが入っている。そこからそれぞれ直箸《じかばし》で自分の碗に取って出しにつけて食べる。うまい。

「試しに、朝早く街のうどん屋に行ってごらんなさい」

「はあ」

「出勤前のサラリーマンで満員で、黙々とうどんをすすってる」

多分、家で軽い食事をしてから立ち寄るのだろう。

「あれはいかにも力がつきそうだ。東京あたりの喫茶店のモーニング・サービスの風景とはえらいちがいですよ」

春名の話は面白いのだが、なかなか野球の話にもっていけそうにない。あるいは春名は、それを避けようとしているのだろうか。

酒はあまりたしなまないと言ったが、わたしは少しだけならいいでしょうと言ってビールを二本頼んだ。彼はうまそうに飲んでいる。

桶の中が空になった。わたしの見当では、春名のほうがたくさん食べたように思う。

「おいしいですね。もう少しいかがですか」

「いただきましょう」

六十に近いのになかなかの健啖家である。いや、わたしもだが、何の飾り気もないうどんだからか、すんなりと胃袋に収まってゆく。

とはいえ、そろそろ野球の話に……。

「中西太がここの出身でしたね」

「そう、彼が言うとったな、わしはうどんと瀬戸内海の小魚で体の基礎ができたと。小魚は骨ごと食べるからカルシウムが自然に摂れる」

また食物の話になった。しかし、少し野球に近づいた。

そうだ、この人は中西と何度も投打の対決をした。東海ペガサス対西鉄ライオンズ、わたしは、その対決のシーンを思い出そうとする。しかしはっきりとは描けない。

「マウンドからあい対した中西の印象はどうでしたか」

春名の瞳が、心なしか一瞬きらりと光ったようだった。

「よう打たれたわ、どでかいホームランも」

「そうでしたかね」

「印象といえば、そうねえ、あのバッターはいつ見ても、さっきのあなたのことばじゃないが、野球をしんから愉しんでいた。体全体で。その愉しさがマウンドのわたしに伝わってくる。それで、こっちも愉しくなる。いい気持になって力いっぱい投げる。カツンと返される」

だいぶ喋るようになってきた。そして、野球の話となると、笠智衆風とは少しちがうようだ。

いくぶんテンポが早くなる。

わたしは、三十年まえの春名のピッチングの印象を語る。足腰のバネのきいた、小躍りするようなフォーム、まっこうみじんと形容したくなる快速球、こころよいリズム。同時代のサウスポーでいえば、春名がデヴューしたときにはすでにピークを過ぎていたが、毎日・大毎オリオンズで活躍した荒巻淳を連想する。春名は、華奢《きやしや》だった荒巻の体つきを、ひとまわり大きくしたような感じだった。

わたしは、そんな印象を、お世辞ととられないように気をつけながら話した。その間、春名は口を閉ざして聞いていた。その表情からは快も不快も読み取れなかった。

わたしは、自分で「まっこうみじん」ということばを使ったために、さっき、スタンドで井沢から、眼前で投げている大浦投手についての感想を求められたことを思い出した。あのときわたしは、大浦を、往年の春名に似たタイプだと思ったのだ。そこでわたしは、春名に聞いた。

「今日のゲームで、ジャガーズの先発で四回まで投げた大浦、彼のことはどうお思いになりますか」

「どうって……」

「わたしは好きなタイプなんです。プロに入ったのがわりと遅かったのがプラスになるかマイナスになるかわかりませんけど、まだまだ先発でいけるでしょうね」

「さあ……」

やがて春名は、やっと感想らしいものを口にした。

「今日のあいつのタマで一番よかったのは、オマリーに一発を浴びたあれです」

「え……?」

驚いた。こんな感想には、新聞でもテレビでもお目にかかったことがない。

ツーストライク・ワンボールと追い込んでからの勝負球だったと思う。わたしは、一球くさいコースに通すか、あるいはフォーク・ボールで落とすかと思っていた。そうしたら意表をつかれた。オマリーのふところへの内角ストレートだったのだ。

「あれを投げられれば、まだ少しはやれるかも知れない」

「はあ……」

今度は春名から意表をつかれたわけだ。普通なら「失投」で片付けられる一球だろう。わたしは春名にますます興味を覚えた。

春名から聞きたい話は山ほどある。しかし、何よりもわたしが聞きたいのは、春名大五自身のこと、とりわけ、あなたはなぜ、投手として最高に充実したシーズンを終えた直後に、二十九歳の若さで突然姿を消したのか、ということである。

うどんのお代りが来た。わたしは、ビールの追加も頼んだ。春名は、ビールなら結構いけそわたしは、婉曲に出るのはやめにしようと思った。一番聞きたいことを口にした。

「春名さん、二十二勝という、あなたにとって最高の勝ち星を挙げて、これからというときに、なぜおやめになったんですか」

うどんをすすり終えた春名は、わたしをじっと見据えた。その眼光からは、当惑や不快や、その他何の感情もわたしには読み取れなかった。やがて、彼の顔にほほえみが浮かんだ。

「清家さん、あなたは、わたしと野球の話をしたいとおっしゃった」

「はい、そう言いました」

「いいですか、なぜやめたかというのは、もう野球の話にならないんです」

「そんな……」

「やめてからのことは、もっと野球の話にならない。わたしがやめた瞬間に、わたしの野球は終わったんです」

わたしが、どう返していいかとまどううちに、春名がことばを接いだ。

「清家さんはさっき球場で、『それに……』と言って、それから『いや、それにというのは取り消します』と言われた。わたしは、そのあなたの率直な態度に好感を覚えたから、こうしてあなたとここにいます」

ますます返すことばが見つからない。

――この人は、わたしの心の何もかもを、一緒にスタンドにいたときから洞察していたのか……。

わたしが「それにというのは取り消します」と言ったあと、彼が初めて笑ったのを思い出した。

わたしは謝るしかなかった。

「申し訳ありません。それをお聞きするのは取り消します。ただ……」

わたしがことばを接ごうとして、束の間考えていると、春名が、

「ただ……何ですか」

と聞いてきた。スタンドにいたときと同じ呼吸である。

わたしは、考えかけていたことを口にした。

「ただ、日本にもかつて、アメリカ大リーグのサンディ・コーファックスのようなピッチャーがいたんだなと……」

「清家さん」

春名の語気が一瞬きつくなった。

「サンディ・コーファックスのような大投手と、わたしを一緒にしないでくれ」

それまで静かだった春名が語勢を急に荒らげたので、隣の席の若い男女の四人連れが何事かという表情でわたしたちに眼を走らせた。気付いた春名が声を低くする。

「清家さんが、そんなおべんちゃらを言う人とは思わなかった」

今度は、わたしの腹の虫が収まらなくなった。わたしはサンディ・コーファックスを単に大投手として引き合いに出したのではない。活躍した時代と球歴と、引退の仕方によく似たものがあることを思い出したのである。

わたしの声も、つい大きくなった。

「おべんちゃらとは何ですか」

また、四人組がこっちを見た。わたしも声を低める。

「そんなつもりはこれっぽちもありません。春名さん、コーファックスがまだ三十歳の若さで、過去最高の二十七勝を挙げて突如引退を発表したのは、野球の話のうちに入らないんですか」

「彼はしかし、それから何年か、NBCテレビで野球のコメンテーターをやっていた。それから姿をくらましたんだ」

「……」

「そして、確か十年ぐらい経って姿を現わして、古巣ドジャースのピッチング・コーチになった」

「……」

「清家さん、だから彼の場合は、野球の話にしていいと思いますよ」

わたしは、まだことばが返せないでいる。サンディ・コーファックスの名を挙げて、わたしの大リーグ通を少しは春名に知らしめようとはかったのだが、春名は、わたし以上に大リーグの選手たちのことを知っているようだ。

サンディ・コーファックス。一九五五年にブルックリン・ドジャースに入団し、三シーズンを経て球団とともにロサンジェルスへ。その前後数年は並の上といった投手だったが、六三年になって急速に勝ち星を伸ばし二十五勝五敗、以後この年を含む四年間で九十七勝二十七敗、通算一六五勝八七敗、ワールド・シリーズには四回出場して四勝三敗、うち三回はドジャースの優勝に貢献した。その絶頂期に、突然マウンドから降りたのである。その理由は、いまだに謎とされている。のちに野球殿堂入り。

その程度の知識やデータは、頭の中をまさぐりながら復活させることができた。だから、春名とはデータこそちがえ、同じような軌跡を連想してサンディを引き合いに出したのである。それを春名は、わたしのおべんちゃらととったらしい。

「春名さん、恐れ入りますが、おべんちゃらというのは取り消してください」

「わかりました。取り消します」

そう言って、春名が含み笑いを見せた。

「さっきから、取り消すということばが何度も出て、まるで国会の質疑と答弁の応酬みたいですな」

今度は、わたしが笑ってしまった。それから念を押したくなった。

「春名さん、サンディ・コーファックスも春名大五も左腕投手でした」

「うん」

「サンディは引退の六六年までの四シーズンで九十七勝。あなたは引退の六四年までの三シーズンで六十二勝。そして二人とも、突然引退することになった最後のシーズンが、御自身の最多勝の年。サンディは三十歳、春名さんは二十九歳」

「清家さん、わかったって」

わたしの念押しに、春名が苦笑した。

「しかし、あんたの言わないことがある。それは、わたしの負け数です。わたしは、勝った数とほとんど同じ数、負けているんです」

「それはしかし、ドジャースとペガサスの、それぞれのリーグでのチーム力のちがいですよ」

「もう一つ。わたしはサンディ・コーファックスのワールド・シリーズ出場とちがって、日本シリーズに一度も出ていない」

「ですから、所属のチームが……」

「しかし、この二つは明らかなちがいでしょ」

「清家さん、あなたは、今までの自分の人生に、フを感じたことがありますか」

「……」

「フ……」

「正に対する負です」

　わたしが何か答えようとしたとき、わたしたちの席に二人の男の影が近づいてきた。わたしは直前まで、春名とのやりとりに熱中していて気が付かなかった。

「黙って撒いちゃって。清家さん、ひどいじゃないですか。春名さんを独り占めとは」

　井沢敏である。もう一人は二十代の青年だ。二人ともスポーツ記者クラブのバッジを付けている。わたしはうろたえた。やっぱり、途中まで井沢から双眼鏡で狙われていたのか……。

　そのとき、春名大五が立ち上がってわたしを睨みつけた。

「やっぱり、ぐるだったんだな。たくらんでいたな」

　わたしも立ち上がった。

「ちがいます。春名さん、これは……」

「こんなおいぼれの過去を洗い出して、今更どうしようというんだ。清家さん、わたしは、あんたに幻滅したよ」

「春名さん、誤解です」

春名は、そう言うわたしに眼もくれず、出口に向かって足早に歩き始めた。「おいぼれ」の黒革のジャンパーの後ろ姿は、肩が張って怒りに満ちていた。わたしは小走りにあとを追った。店を出たところでようやく追いつき、思わず春名のジャンパーの袖を引っ張った。

「春名さん、何としても誤解を解きたい」

それ以外に言えなかった。そして、この事態は確かに誤解されても仕方ないと思った。

「わたしは誤解してませんよ。正解してる」

春名は、わたしの手を振りほどこうとしながら、

「わたしには、もう時間がない」

「それならお手紙でお詫びします。あるいはあらためてお伺いします。おところを教えてください」

「その手に乗るもんか」

春名は一瞬、凄い力でわたしの手を振り払った。そして、わたしに眼もくれず、確固とした足どりで遠ざかってゆく。わたしは、なおも追いすがる気持が萎《な》えてゆくのを感じた。わたしは、春名と、突然割って入った井沢の双方に対して、やましさを覚えていた。わたしは、力な

く、井沢たちがあっけにとられているであろう店内に引き返し始めた。

三

ベースボールは、今日もさりげなく始まった。昭和二十五年夏——。

一隅だけ大ざっぱに雑草をむしり取った原っぱ。原っぱの向こうには、どこかの会社の、使っているのかいないのかわからない古びてすすけた倉庫。その倉庫の屋根に夕日が少しずつ接近している。

鎮夫の左腕が撓《しな》い、テニスの硬球のケバの皮のむけたゴムボールが、太めの竹竿を切ったバットを構える克平めざして走る。

このボールは、毛糸と布の手作りのボールやテニスの軟球とちがって貴重な「飛ぶボール」だ。川べりの土手の草叢に死んで腐りかけているのを、健が発見して持ち帰った。ボールは、小学生たちのベースボールで生き返り、空を飛び、地を這い始めた。

克平がボールを叩き返す。鎮夫の頭上を越える。外野へ、丈の高い雑草の密生する外野へ。落下地点に見当をつけていた鎮夫が追う。草を分ける。身の丈に近い夏草の匂いに包囲される。緑いちめんの中で、焦茶色の球体を捜す。不意に草と同じ保護色のバッタが跳び出して鎮夫の眼と鼻の先をかすめる。

見つけ出さないと、家の手伝いに手間取ってまだ球場に到着していない健が悲しむ。彼の家は乾物屋で、鎮夫たちが誘いにゆくと、ちょうど荷がどっさりと着いたところだった。健は心配そうな顔で、宝物のようなボールを鎮夫にトスしてよこした。

見つかった。鎮夫の見当よりも一メートルほど手前にもぐっていた。鎮夫は反対に、奥へ奥へと捜して手間取ってしまったのだ。

今のところ、たった二人のベースボール。しかし、鎮夫と克平は、両チーム合わせて十八人の完璧なゲームを展開している。まもなく健が駆けつけ、あと三、四人は来るかも知れないが、三人であれ五人であれ、あるいはたった一人であれ、野球はつねに十八人でおこなわれている。想像力、ああ、何とそれはすばらしいものだろう。甲子園球場、観衆五万。今日はオープン戦である。九歳の鎮夫は、国鉄スワローズのルーキー、金田正一投手だ。克平は、東急フライヤーズの青バットのスラッガー大下弘だ。もっとも、バットは青ではなく黄緑色だが。

克平はダイヤモンドを悠々と一周した。やっとマウンドに戻った鎮夫は、さっきまで悪戦苦闘していたセンター方向を振り返り、シングル・ヒットをホームランにしてしまった外野手のまずい守備に、怖い眼を向けて怒るふりをする。

今度は鎮夫は、毎日オリオンズの荒巻淳であり、克平の後ろにしゃがんでいるはずのキャッチャー土井垣武のサインにうなずく。克平は、今度は右打席でジャイアンツの千葉茂だ。荒巻は頑張らなければいけない。なにしろ野球というものは、スリー・アウトにならない限り攻守の入れ替りはない。無限に続く。どこまでも続く。この原っぱの野球規則では、克平は、明らかなストライクを打ち損じた、と審判が判定するまではいつまでも、大下であり千葉であり川上であり藤村であり続けることができる。そして鎮夫は、金田であり荒巻であり別所であり、真田であり続けなければならない。

審判は、原っぱのどこかに確実にいる。ほら、どこかにその気配がする。神の気配がする。しかし神の姿は見えない。そのコールは、鎮夫と克平の口を借りて同時に発せられる。神の声が、ストライクのコールとボールのコールに割れたときには二人のあいだにトラブルが生まれるが、まず乱闘まではいかない。

凡打かヒットか、ヒットは二塁打かホームランかも、鎮夫と克平が協議し、正確で公平な判定であった旨を、それぞれの心の中に署名する。

夕日が、倉庫の屋根にさらに近づく。西の空一帯にかすかにあか味がさし、さっきまで古びてすすけた肌をさらしていた倉庫は徐々に、美しいふかむらさきのシルエットに変貌を始めている。鎮夫と克平の二人で選手の姿を代表している十八人は、テンポを早めなければならない。五万人の大観衆のひとりひとりが、印象深いプレーを一つでも多く持ち帰りたいと思っている。

プロの神技を見せてやらなければならない。

健はまだ現われない。今日は、彼の大好きなジャイアンツの藤本英雄投手やオリオンズの別当薫右翼手はゲームに加われないかも知れない。

少年の想像力、ああ、何とそれは野放図なまでにひろがるものか。時間の無限、空間の無窮、彼らはそれをやすやすと味方にして海を越え、ニューヨークのヤンキー・スタジアムやブルックリンのエベッツ・フィールドなどにいる。鎮夫は大リーグ・ファンの叔父から、何という名の選手としてプレーすれば誇らしい気分になれるかを教わっている。彼は、火の玉投手といわれるクリーヴランド・インディアンスのボブ・フェラーになり、ブルックリン・ドジャースのジャッキー・ロビンソン二塁手になり、ニューヨーク・ヤンキースのジョー・ディマジオ外野手になり、そして、さすがの叔父も日本の選手ほどは現役選手を知らないものだから、鎮夫は引退した選手を勝手に復活させ、ベーブ・ルースにもなればルー・ゲーリッグにもなる。そして、克平とワールド・シリーズをたたかう。

こうして、兵庫県芦屋市打出野田の、国鉄の線路の南側の住宅地にある、こどもたちにとってはだれの地所ともわからず奇蹟のように存在する原っぱは、ヤンキー・スタジアムになり、エベッツ・フィールドになる。

想像力、ああ、何とそれはすばらしいものだろう。ゲームが終わり、スタンドの大観衆が興奮醒めやらぬ面持ちで出口に向かう。美しいホームランや、ロング・ヒットを放って三塁に滑り込んだ切れ味鋭い打撃と走塁や、内野手や外野手のナイス・プレーなどの印象を、満足気に語り合いながら歩を進める大人たち、そして、目撃したそれらの瞬間のかずかずを、ことばに出すと夕暮れの空に逃げていってしまいそうなので、格別に美しい光を放つ大切なビー玉をズボンのポケットにそっとしまうように、「野球の瞬間」を黙って脳裡に再現するにとどめ、鎮夫と克平にちらりと憧憬の眼を注ぎ、口を閉ざしうつむいて歩く少年たち。

鎮夫と克平は、ゆっくりと潮が引くように去ってゆく観衆に眼をやりながら、さっきまでゲームがおこなわれていたフィールドの芝に、気が向けばいつまでも尻を降ろしていることのできる特権を持つプロの選手である。やがて、スタンドに人影がなくなる。

結局今日は、健もまにあわなかったし、他の友だちも現われなかった。鎮夫と克平は、だいだい色の夕日が倉庫の屋根に落ちてゆくのを眺める。スタジアムが消え、原っぱの雑草や土も夕闇に紛れ始める。二人は、学校で習った地球の自転について語り、野球のボールの直径が地球の直径の何分の一かを推定し合う。そして、最後の光を惜しむかのように立ち上がり、てのひらの小さな地球を中空高く投げ合う。夕闇のためにキャッチボールが無理になった二人は、中空への投擲《とうてき》がどれだけ高く、かつ垂直線に近づくかを競い合う。一番星がまたたいている。

野球のルールの生んだ時間の無限性と、ホームプレートを起点に直角に仕切られた先の空間の無限性について、二人の少年はそれぞれに思いを馳せる。地球の自転に沿った方向に打つホームランと、逆らった方向に打つホームランとでは、同じ力でどっちが遠くまで飛ぶのかという設問を描く。少年の脳裡に、地球を一周するホームランの弾道の軌跡が宿る。一日中プレーを続け、一日中地球について考えていたいと、鎮夫は思う。それを毎日繰り返し、一生がそれで終わってもいい、いつまでもこうしていたいと願う。

とうとう、垂直の軌跡に挑んで小さな地球を放り上げても行方が判別できなくなった。おまけにこのボールは焦茶色だ。本当のプロの選手が使う白球なら、まだしばらくは判別できるかも知れない。

原っぱの向こうから、声が聞こえる。

「鎮夫、ごはんよー」

母だ。父が会社から帰って、風呂から上がったのだろう。

鎮夫は、時間の無限や空間の無窮についての思索を中断させた母を恨む気はしない。澄み切った大気を伝わる優しい声を恨んではいけない。明日また「無限」を再開すればいい。二人は、エベッツ・フィールドの芝から立ち上がった。どちらかの母親が夕飯を告げにくれば、一緒に引き揚げなければならない。鎮夫は、健の所有物である小さな地球を彼に返すことを克平に託し、家に向かう。

「鎮夫、ごはんよー」

確かにその声を聞いたと思う。それでわたしは我に返った。居眠りしていたわけではなさそうだ。気がつくと、妻の麻子が眼の前にいる。見ると、夕食の支度が整っている。

「なに考えてたの。ぼおっとして」

「え……？」

「あなた、ゆうべ高松から帰ってきてから、ずっとへんよ。疲れたような、不機嫌そうな。何かあったの？」

「やっぱりそう見えるか。いや、ちょっと人に誤解を与えるようなことになっちゃってね。しかも相手は、ぼくの尊敬する、かつてのプロ野球選手だ」

昨夜からそれがずっと気持を暗くしているのに、わたしはなぜ一方で、こどもの頃のボール遊びの情景を、放心したように思い出していたのか。逃避か。

「そんな人に会ったの？　野球記者は二十何年かまえにやめたっていうのに」

わたしは、春名大五との一件を、かいつまんで麻子に説明した。

わたしと麻子は、わたしが製紙会社に転職してまもなく結婚した。麻子は、プロ野球のことはほとんど知らないし、興味も示さずに来た。もちろん、三十年まえに球界から姿を消した春名大五の存在など知らない。彼女が初めて耳にしたプロ野球選手の名前といえば、長嶋、王ぐらいのものだろう。テレビ時代の進展が、麻子のような、野球に無関心な女の耳にも、二人の存在を植え付けた。

「それで、春名さんに誤解させて怒らせたままの状態で別れたもんだから、後味がわるくてね。いや、相手の後味のわるさのほうが気になってるというか……」

「あなたって、ほんとにいくつになってもおっちょこちょいね」

「おっちょこちょい……」

「そうよ。双眼鏡で似た人を見たからというだけで、のこのこ会いに行くなんて。行ったとしても挨拶だけでやめとけばよかったのに」

「……」

麻子の言うとおりかも知れない。もう三十年もまえの短い期間、プロ野球の選手と一取材記者の関係でしかなかった二人、しかも一対一で会う機会はめったになかった。

わたしは、井沢が現われて春名が誤解し始めてから言ったことを思い出した。「こんなおいぼれの過去を洗い出して、今更どうしようというんだ」

そう、どうしようという意図もなかった。だからそれまではお互いにうちとけて野球の話ができていた。それが一気に「たくらみあり」に変わってしまった。

ああなるまえは、何の話になっていたんだっけ。そうだ、サンディ・コーファックスだった。わたしは二人の類似点を強調し、春名は相違を強調していた。

思い出した。井沢たちがうどん屋に入ってくる直前はこうだった。「清家さん、あなたは、今までの自分の人生に負を感じたことがありますか。正に対する負です」

わたしがそれにまだ答えられないまま事態が一変し、その話が途切れてしまったのだった。春名が感じていた負とはどんな性質のものだろうか。必ずしも、あのときの直接の話題だった投手成績だけを意味しているものではあるまい。引退の事情と関係がありそうだ。

わたしは食事を済ませると自分の部屋に引きこもり、昔の資料をあさり始めた。何とかして春名の住まいを探し出して訪ねて行きたい。門前払いでも仕方ないがとにかく行きたい。いや、行くまえにまず手紙を出したほうがいいか。

選手名鑑には和歌山市出身とあるが、春名が出身地に戻って暮らしている可能性は五分五分か、あるいはもっと低いと思う。一口に「出身地」といっても、地縁血縁の濃いもの、ある期間の父の任地に過ぎなかったものなどさまざまである。春名は和歌山の高校を出て東京の明法大学に進み、卒業後は社会人野球の名門京浜製鉄へ、そして二年後の昭和三十四年に東海ペガサスに入団した。本拠地球場は東京の後楽園だった。それから六シーズンを経て退団、以後三十年が経っている。

大学以来縁の深くなった東京、あるいはその周辺に住んでいるのだろうか。そうだとありがたいが。いや、臆測していても始まらない。当たれるところから当たってみることだ。まず東海ペガサス、あ、この球団はとうになくなっている。京浜製鉄、明法大学の順に出向いて現住所の手がかりを摑もう。そこでわからなければ和歌山の市役所、あるいは高校に行くしかあるまい。大学や高校には同窓生名簿があるかも知れない。いや、そのまえにまず、明日にでもNTTに行って、和歌山県の電話番号簿に春名大五の名がないかどうか調べてみよう。載っていればしめたものだ。

わたしは手帳にメモをとり終えると、畳の上に大の字になった。高松でのことどもが、前後の脈絡なしに脳裡をよぎる。オープン戦でのプレーのいくつかの瞬間残像、スタンドでの春名とのやりとり、うどん屋でのやりとり、わたしがサンディ・コーファックスの名を持ち出したことで、お互いに声高になった場面——。

それらがわたしの頭の中に現われては消えるうちに、いつのまにかわたしは眠りにおちいっていた。

和歌山県の電話番号簿に、春名大五の名はなかった。わたしは会社の仕事をやりくりして、京浜製鉄と明法大学を訪ねてみた。いずれも手がかりは得られなかった。こうなればもう、何日か休みをとって和歌山まで行くしかない。しかし、電話番号簿に載っていないところを見ると、行っても無駄足か。球場のスタンドででもうどん屋ででも、なぜあのとき、初めに「今どちらにお住まいですか」と聞かなかったのだろう。今更くやんでも仕方ないが、わたしはそのタイミングをはかって慎重になり過ぎていたのだと思う。というのは、彼と話し始めるまでに、すでにわたしの頭の中に「隠棲」というイメージが宿っていて、不用意に聞くと拒絶され、二度と聞けなくなるかも知れないという懸念があった。話を進めるうちに、話のなりゆきによって構えずに訊ねれば、彼も気を許して自然に答えてくれることになるだろうと思っていた。そして事実、二人のあいだの雰囲気はうまくいき始めていた。

それが突然、あの事態で台無しになってしまった。

無駄足でもいい。とにかく和歌山に行ってみなければ、わたしの気が済まない。いつ行けるか。

わたしが会社で、仕事の段取りを調整し、どうやら四、五日後には何日か休めそうだという目途がついた日、会社にわたし宛の手紙が届いた。差出人は何も書かれてない。消印を判読しようとしたが、スタンプの押し方が粗雑で、どこの局かわからない。しかし、万年筆による表書きは一見して、年輩者にちがいないと思わせる種類の達筆である。わたしは、春名大五からだと直感した。はやる気持を抑え、鋏《はさみ》で丁寧に封を切った。

家に帰って二日ほど経つと、小生からも一言お詫びしなければならないと思うようになりました。突然のことで思わず頭に血が昇り、失礼が過ぎたと思います。

貴殿は小生の怒りを誤解だとおっしゃいましたが、本当にそうであることを願っております。それまでの貴殿の態度と話の中身、それにお人柄の感じからすると、あの状況の急変は、貴殿にとっても思いがけない災難だったのかも知れないと考える余地はありそうです。そして、そう考えたいのです。

その前提で、もう一度お会いして、小生自身の気持をすっきりさせたいと思っています。多分貴殿もそう思っていらっしゃることでしょう。ただし、小生の居所をお教えするのはまだ留保しておきます。今の段階では、貴殿に対する警戒心を完全に払拭してはいないからです。あの場の状況からすれば、このことは御理解いただけるでしょう。

御連絡はこちらからさしあげます。多分、ひと月以内にはさしあげることができると思います。

ではまた　草々

平成六年三月十七日

春名大五

清家鎮夫様

わたしは、文面を二度読み直した。

春名は、あの幕切れを、それまでの話の内容やわたしの態度からすると、どこかおかしいと感じていてくれたのだ。わたしにはそれが何よりもうれしく、救われる気持である。そのうえで彼は、すっきりさせたい、しかしまだ気を許しているわけではないぞと言っている。当然だろう。

わたしは、名刺を渡しておいてよかったと思った。

四

飯田の打球は地を這ってショートの左へ。ジャガーズのショート・ストップがスパイクの爪先を蹴って体を投げ出した。左手のグローブがボールを捕らえた。飯田は駿足である。ショートは素早く起き上がり、低い位置から一塁へ渾身の力をこめた送球、ワンバウンドになりそうだ。一塁手の長身が地にうつぶせに倒れそうなほど前方に伸びる。飯田が迫る。一塁手がワンバウンドのタマをすくい上げる。飯田がベースを駆け抜ける。

塁審の右手が天を指した。アウト、ゲームセット。神宮球場でのオープン戦最終ゲーム、スワローズ対ジャガーズの一戦は、四対二でジャガーズが勝った。勝利投手は大浦健爾で、完投。最後のオープン戦で好投を示し、先発ローテーションの一人であることをアピールした。

「いいゲームでしたね」

「ええ」

春名の反応はそれだけである。

三万人の観衆が立ち上がり、出口に向かってざわざわと動き出す。好ゲームのあとは、このひとときの感じもいい。

手紙に「ひと月以内に」とあった春名からの連絡は意外に早く、十日後に会社に電話があった。神宮球場のオープン戦を見る予定がある。御都合がよければ一緒に観戦してから宿題を片付けないか。

電話の口調は淡々として、わたしへの感情がどう変化しているのかも読み取れなかった。

ゲームを一緒に見てからとの春名の申し出は、わたしの気持を和ませてくれたが、一方で不安も湧いた。井沢敏のことである。今や、三十年も前に球界から姿を消した短命だった弱小球団の、短命だったエースの顔を知っている記者は、まずいないと思うが、井沢にはわたしが教えてしまった。春名も井沢の顔を見た。

あの日、春名から振り切られてうどん屋の店内に引き返したわたしは、すっぽかしたことを井沢に詫び、春名が誤解するもとになった経緯を説明した。わたしが井沢の双眼鏡で春名に気付いたこと、井沢にそれを告げたこと、そして井沢に連絡をとらねばならないこと、それらを春名に隠したまま、彼とうどん屋に行った行為をありのままに打ち明けた。「新聞社の人には会いたくないという彼の強い意志がわかったからです」

そしてわたしはその場で井沢たちに、これからも、かりに球場で彼を見かけても、なるべくそっとしてあげておいてほしいと頼んだ。そのとき井沢はこう言ったのだ。「約束はできませんね。それに、これからは清家さんの問題ではない。わたしの問題です。かりにわたしが話を聞こうとして彼を怒らせたとしても、それはわたしの問題です。清家さんには何の関係もない。そうでしょう、清家さん」

わたしは、彼のことばに反論できなかった。それはそのとおりだから。そしてあのうどん屋は、井沢も高松を訪れたら必ず寄る店で、出会ったのはまったくの偶然だったとのことだ。

神宮球場のスタンドに春名と並んで腰掛けてから、わたしは井沢のことばがときどきちらちらと頭をかすめ、気になっていた。あの日の誤解の因を、野球を見ながらくだくだと春名に説明するわけにはいかない。それはゲームが終わってからの話だ。そんな状態のまま、もしまた井沢がわたしと春名にだしぬけに近付いてきたとしたら、またあの日の二の舞いだ。そして今度こそは、春名の心の中でやっと解けかけていた誤解がふたたび強固になり、わたしは「あなたはどこまでたちの悪い男だ」と激怒され、春名の心から完全に閉め出される。その誤解をもう一度解くのは不可能に近いだろう。

しかしわたしは、運を天に任せた。高松のときと違って三万人の観衆、そのうちの二人、そしてわたしたちの席は三塁側の上段だった。多分心配ないだろう。

幸い、井沢の姿は現われなかった。今日は取材に来てなかったのか。それとも、双眼鏡を持って来てなかったのか。運命の神も、それほど意地が悪くはなかったようだ。

人波にもまれて外に出た。人びとは、信濃町駅に、千駄谷駅に、地下鉄に、あるいは神宮外苑の散策にと散ってゆく。わたしは春名を、渋谷の天麩羅の店に案内することにしている。球場の近くにいつまでもいると、うっかりまた井沢と鉢合わせしかねない。

「あの競技場があぁいうふうに立派になったのは、わたしが野球をやめた年です」

春名が国立競技場を指さす。

「そうでしたね、東京オリンピック」

「この外苑一帯は、あれから三十年経った今も、おおよそ昔のままだ。気持が落ち着きますね」

「ええ」

わたしも、ようやく気持が落ち着き始めている。

「清家さんも、わたしにとんだ誤解をさせたもんですね」

春名の顔に、やっと屈託のないほほえみが浮かんだ。それから、揚げたての蓮の天麩羅を箸に取った。わたしたちは、カウンター席に並んで食べている。

わたしは、ことの顚末を報告し終え、謀議のなかったことを春名にわかってもらえたところである。そして、何とかして春名の住んでいるところを突き止めようと試みたこと、和歌山に行く準備も始めていたことも、控えめに話した。

「それにしても、よっぽど閑な記者ですね、双眼鏡でスタンドをウォッチしてるとは。スコアブックはどうなってるんだろう」

「あのとき一緒にうどん屋に現われた若手がつけてたようです」

「記者の人がわたしのところに現われるのは、もちろん勝手ですけどね。勝手というより、つかまるときにはつかまってしまう。問題はそのあとです。やめた直後と、それから二、三年経った頃だったかな、何度かいやな思いをさせられました」

いずれも顔見知りの記者に街中でとっつかまり、近況を聞かれた。「話すことなんて何もありませんよ」「どこで何をしてるんですか」「言えません」それには、秘めておきたい、いや、秘めておかなければならない彼なりの理由があった。

「その理由は清家さんには、いずれお話ししようと思ってますけどね」

記者の態度がだんだん変わり、「やめ際がおかしいと思っていたが、やっぱり何かやましいことがあったんだな」とか「どこの組に関係してるの」などとなった。

春名は、もう絶対に記者にはつかまらないようにしようと思った。

「しかし、だんだん気をつける必要もなくなりました。皆さんがわたしを忘れてくれ始めた。記者もだいぶ世代交替したでしょ。選手も同じです。こっちが知ってても、向こうは忘れてくださっている」

わたしは春名のグラスにビールを注ぎ、天麩羅に手を伸ばす。

「そうして二十数年経った。もう大丈夫だ。ところが油断大敵、あなたが現われた。そのあとは、あのとおりです」

しばらく間《ま》が生まれた。春名は、そうまでして秘めておきたかったという事情を、いずれわたしには話してくれると言っている。こういう場所では話しにくいのだろう。家に来てもらおうか。

「清家さん、ま、野球の話をしましょうや」

「ええ、賛成です」

「こないだ、あなたがサンディ・コーファックスを引き合いに出したので、わたしも家に帰ってもう一度彼の資料を見てみました。しかし、十年間の足跡や隠遁の謎はやっぱりいまだにわからない。本人にしかわからないようです」

ふたたび姿を現わしたとき、記者たちの質問にコーファックスからは「別に何をやりたいというわけではなく、ゆっくりしたかったし、気の向くままにいろんなところに行ったり、そのときやりたいと思ったことをやったりしたかっただけさ」といった返事しか返ってこなかったという。

「彼の場合はそれは、はぐらかしではなかったと思う。本当にゆっくりしたかった。それはわたしにはよくわかる。しかしわたしの場合は、そういった心境の変化などではなかった」

そこまで言って、春名は笑い出した。

「なんだ、自分で野球の話をしようと言っておいて、またここに来てしまったか」

「いや、わたしは野球の話として聞いていますよ」

「清家さん、いずれあなたには話すと言ったことは、お手紙にしますよ。どうも、会って話すとなると、どこか恥ずかしくてね」

そろそろ帰らなければならない時間になったという。

「あの、お差し支えなければおところを。近くならタクシーでお送りします」

「あ、そうだった、失礼、忘れてました。いや、故意じゃありませんよ」

春名は、メモ用紙にしたためたものを、わたしに渡した。

「はあ、ずいぶん遠くから」

石川県羽咋《はくい》市……能登半島ではないか。そして「割烹《かっぽう》ちさと」とあり、電話番号も書いてくれている。

「まあ、オープン戦のシーズンには、よくいろんなところを廻ります。若い板前さんに任せてね。今日のも、ぜひ見たくてまえから予定してたんです」

「ペナントレースは？」

「シーズンに入ると、わたしのほうも観光シーズンで忙しくなりますからね。あまり行けません。それに……」

と口をつぐむ。

「それに……何ですか」

わたしは春名に、高松でのお返しをしたつもりである。春名も気が付いたらしい。

「ははは、やられましたな。いや、わたしのようなオールドマンは、あの外野席のブンチャカブンチャカやテーマソングといったものが苦手でね、ボールの音が聞こえない。野球独特の静かな間合いが味わえない。そう、野球の気配が薄れるんです。何というか、田園的な開放感がないでしょ」

「同感です。だからわたしも、春先のローカルでのオープン戦が好きなんです」

春名が「田園的開放感」と言ったことから、わたしは、高松から帰った翌日の自宅で、放心したようになって脳裡に浮かぶに任せていた、こどものときの芦屋の原っぱでの野球ごっこの情景のかずかずを、また思い出していた。

「春名さん、野球と人生は似ているとよくいうでしょ」

「ええ」

「わたしはそのいいかたより、野球と人間は似ているというのが好きです」

「………」

「その心は、どちらもよく休みたがる。投球の間合いや攻守交替の間合いですよ」

「なるほど」

「そういうあいだは静かでいたい」

春名がいよいよ空港に行かなければならない時間だという。

「一度、能登に遊びに来てください。のんびりしていいところですよ」

「はい、ぜひ一度伺います」

羽田に向かう春名を見送ったあと、わたしは、今度の別れはいい後味を残したと思った。

——それにしても、かつてああまで侮辱されながら耐えて秘めておかなければならなかった事情とは何だろう……。割烹など水商売ということなら、それをやっているOBは珍しくないのに。

春名大五からかなり分厚い手紙が来たのは、東京も例年に増して、昔の夏らしいうだる暑さになった七月半ば、プロ野球でいえばオールスター・ゲームを数日後に控えたある日のことだった。

今度は、差出人が記されていたが、それは割烹ちさとのスタンプで、春名の記名はなかった。

例の高松のうどん屋で小生は、人生における正と負などとキザな言い方を貴殿にした記憶があります。その先の話は途切れてしまいましたが。

正に対する負は、おんぶする、背負う、負うなどの負と同じ字ですね。これは文字どおり両方の意味で、昭和三十九年の大晦日に小生に降りかかった問題でした。

それまでの小生にとって、ピッチャーズ・マウンドを踏む、すなわち野球をやることは正でした。単純にいえば、それをやれないことが負です。ところが小生は、ある人間をおんぶする、全面的に背負うという負を、正の野球を捨てて選ぶ決定をしました。ある人間とは、小生の一人息子です。

昭和三十九年の大晦日、小生の妻の桃が急死しました。突然に息切れし、胸の痛みを訴えてまもなくです。医者の診断は特発性肺高血圧症というものでした。特発性とは原因が不明なことを意味するそうです。結婚して三年、二歳の息子が遺されました。小生は、小生にしかできない推測に悩まされました。自殺ではないか……。

その一年まえ、小生はロード・ゲームに出たときに秋田のある女性とねんごろになってしまいました。そのあたりの経緯は省きます。桃への愛情が薄れていたわけでは決してありません。むしろ息子の成長につれて、桃への愛がますますつのっていたといってもいいでしょう。しかし、そういうときでも別の女性との出会いは生じます。それをどう律するかは自分の強さあるいは弱さによります。そして小生は弱かったのです。

桃は、その小生の弱さ、さっき書いたのとは別の意味での「負」の性質を知っていました。実は桃自身も、問題に直面するまでは、その小生の弱さが好きだったようです。このあたりは微妙で、小生の筆では手に負えません。

その女性とのことは、まもなく桃にばれてしまいました。小生の弱さは、桃とその女性を、フィフティ・フィフティではなく、両方をそれぞれ百パーセントと思ってしまったことです。それは、桃の想像できない世界であったことでしょう。

桃は死にました。抱いていた二歳の息子を小生の腕に託すようにして。小生の次に一番悲しんだのは、秋田から上京し、小生が都内に住まわせていたその女性でした。

小生は、小生にとって過去最高の二十二勝を挙げたオフシーズンの契約更改を越年させていました。正——プラスへの自負です。そこへ突然、予想もできなかった負が降りかかったのです。

家内自営業ならともかく、小生は家外自営業です。すなわちシーズンの半分は家庭にいることのできない稼業です。といって小生は、息子をだれかに養ってもらう気にはなれませんでした。父親が毎日面倒を見よう。しかし二歳の息子ではどうしようもありません。まさか息子をおんぶしてマウンドに立つわけにはいかない。子連れ狼はフィクションの世界です。やっぱり、和歌山の叔母に預けるか、横浜にいる姉に頼むか、考えあぐねているうちに、くだんの秋田出身の女性が申し出ました。「息子さんを、わたしの子として育てたい」

小生も、ゆくゆくは結婚することになるかも知れない女性だと思いました。彼女に息子を見てもらって野球を続けるのが一番いいかも知れない。息子はまだ二歳、実の母と思って成長するだろう。

ほとんど、そうしてもらおうと思って息子を彼女の許に連れて行こうとしたとき、小生Bが小生Aに問いかけました。「本当にそれでいいのか」

そのとき、息子を小生の腕に託すようにして死んでいった桃の面影が脳裡に甦りました。

わたしは寸前で思いとどまりました。親はなくとも子は育つというが、親はここにいる。いる以上、親が起居を共にして育てなければなるまい。だれかに面倒を見てもらってときどき抱きに帰るのは、育てることにはなるまい。

それは小生が特別に子煩悩だとか、こどもべったりだとかいうのとはちがいます。一番強かったのは、死んだ妻への、生きていたとき以上の愛の自覚でした。

こうして小生は、成人するまではすべて小生の手で息子を育て、息子と暮らそうと決めたのです。

しかし、その小生の選択を球団はどう理解するだろうか。理解できないだろうと思いました。養育してくれる人はいくらでもいるだろうに、せっかくここまでプロ野球の投手として実績を積み、名声もあがり、何よりも世間とくらべて破格の高給をとるようになり、しかもまだ若いのに、それと引き替えにするのが育児とは。それは、小生が小生自身に何度も問うたことでもありました。

結局小生は、球団に「育児のため」とは言わないことにしました。それを理解させるためには、妻への小生の心情を述べねばならない。そうなるともう、個人の心の内奥の世界です。そんなことは口に表したくない。

そして、「育児のため」と言いたくないのには、もう一つの、もっと大切な理由を小生は考えるようになっていました。

息子が大きくなって「なぜ、お父さんは野球をやめたの」と聞くとすれば、「それは、おまえを育て上げるためだよ」「それだけで?」「それだけだよ」という答え以外はすべて嘘になります。小生は、いずれは何でも知りたがる年頃になるにちがいない息子に、本当のことも嘘も言いたくないと思いました。他人からも息子に言わせたくはない。恩着せに類する言辞は、親子の間柄にはなじまない。こどもはそのことに過大なプレッシャーを感じ、それが転じて反抗と化すかも知れない。息子が十分に成長をとげてからなら、人間形成にあまり大きな影響はないかも知れませんが。

小生は、息子が物心つくまでに、小生がかつてプロ野球のひとかどの投手であったという事実を抹消し、伝説の発生を防ごうと思いました。それゆえ小生は球団にも「やむをえぬ個人的な事情」としか言えず、それ以外は口を閉ざしました。

小生は、今までの小生とは別人として生きていこうと思いました。名前を変え、プロ野球のキャンプからもオープン戦からもペナントレースからも遠い地に住もう。それは一面では、プロ野球への小生の未練を絶つためのプランだったかも知れません。

何年かプロの選手をやっていて多少の貯えはありましたから、小生は能登の羽咋に土地を求め、永住の地としました。

小生はしばらくの間は、息子を叔母や姉にときどき預かってもらうなどして、東京や京阪神を主に板前修業に励みました。街中でふたたび記者たちに見つかったのはその頃のことです。

やがて、現在に至るこの店を開きました。幸いにも小生を、数年まえまで東海ペガサスの投手であった春名大五であると気付く人はいませんでした。おかしなことに、それが望むところであったにもかかわらず、初めのうちは、だれかが気付いてくれそうなものなのにと、物淋しさを感じたこともあります。人間は不思議な生き物だと思います。

さて、こうして息子は、父親を根っからの板前だと思って育ちました。出張も「遠征」もない稼業、小生は毎日息子と暮らすことができました。初めのうちは本当に背中におんぶして仕事をすることもありましたが、やがて店も順調に伸び、修業中の若い板前や、客席をとりしきってくれる女性を雇う余裕もできて、店が閑なときは彼らが息子の相手になってくれ、息子は父親と従業員にかわいがられて成長しました。

たまの休日の父子の愉しみといえば、すぐ近くの千里浜海岸の、南北二里にも及ぶ砂浜での、潮風を受けたランニングやキャッチボールでした。ここの砂は粒子が細かく、それが海水を含んで固められ、そのために近年は自動車やバイクの快適コースとなって賑わっていますが、ランニングをはじめ足腰のトレーニングにも最適なのです。ただし、キャッチボールとなると、小生が本気になれば若い板前にも前歴がばれてしまうのではないかと思い、いかに下手をよそおうかには苦労しました。しかし息子も小学生から中学生になる頃には、結構コントロールもスピードも備わってきました。断っておきますが、小生は息子をコーチしたり特訓したことなど一度もありません。潮騒を聞き、潮風に吹かれてランニングしたりキャッチボールしたりするのがただ単純に愉しければ飽きるまでやる。それだけです。

小生は息子に、将来は店を継ぐんだぞなどとは一度も言いませんでした。ところが息子が高校を卒業する日の迫ったある日、小生に言いました。「おれ、お父さんのあとを継ぐことに決めたよ」

それまでにも息子は、見様見真似で、まな板と包丁の使い方にセンスのいいところを見せ始めていました。蛙の子は蛙です。

さて、つい長くなってしまいました。まあ、こういうことです。一度御来駕ください。そして拙宅に泊まってください。息子にも会っていただきたいと思います。小生側の都合を言わせていただくなら、少し寒くなりますが十二月に入って早々などいかがですか。小生も息子もオフシーズンに入って閑になります。

では、お会いできる日を愉しみに。　不一

平成六年七月十二日

割烹ちとせ主人

清家鎮夫様

五

十二月に入っている。東京は暖かだったが、この季節ともなれば日本海側はさぞや寒いだろうと覚悟して小松空港に降り立ってみると、意外にそれほど寒くない。列車を北陸本線から七尾線に乗り替えて能登半島西岸を北上し、羽咋駅のフォームに降りたときも、それは変わらなかった。

割烹ちとせの名はタクシーの運転手も知っていた。ものの十分足らずで着いた。店の外観は、白壁土蔵造りを模してなかなか洒落た佇《たたず》まいである。夕方の開店時間にはまだだいぶあるので表の戸は閉まっているだろうと思ったが、引戸に手をかけると開いた。

カウンター席の向こうに白い上っ張りを着た若い板前がいて、まな板に向いて何か用意している。わたしの姿を認めると手を休めて言った。

「清家さんですね」

「ええ、そうです」

これが息子だろうか。いなせな感じだが、春名にはあまり似ていない。

「主人も息子さんも千里浜に行っているので、よろしければおいでくださいと言ってました」

聞いてみると優に歩いて行ける距離だという。

旅行鞄をその板前に預かってもらって外に出た。念のために店の裏手に回ってみると、二階建ての居宅が隣接している。それにしても、わたしの着くおよその時刻は知らせてあったのに、二人で浜に行っているとは。

春名の手紙にもあった千里浜は、一度夏に来て知っている。あのときは海水浴客と自動車で大変な賑わいを呈していた。今はどんな感じだろう。

白砂の浜辺が見えてきた。ここまで来ると、海からじかに吹いてくる風がさすがに冷たい。南北二里というまっすぐに続く砂浜を左右に見通してみる。人影も、駐車している車もまばらである。

やがて北の方角から、並んで走る二人の男の影が、次第に大きくなって近付いてきた。わたしと百メートルほどに近付いたところで、一人が片手を挙げた。春名のようだ。そうか、まだランニングの日課を続けているのか。父も息子も、トレーナーにトレパン姿である。

距離が縮まって顔が判別できるまでになったとき、わたしは春名の息子の顔を見て声を挙げそうになった。

二人が走るのをやめてわたしのまえに立った。春名が紹介する。

「息子です」

「大浦健爾投手……ですよね」

「はい、父がお世話になっています」

気が付くと、紺のトレーナーの左胸に、ジャガーズの白い文字。

わたしは春名に眼を向ける。

「驚いたなあ。そういうことだったんですか」

「そういうことです。わたしはちょっとあなたをかつごうと思って手紙でも隠していたんです。こいつは高校生のときに、父親のたくらみを見破って、今ではわたしの投手成績も全部知ってますから」

「そうすると、今度はわたしが、春名さんのたくらみに……」

「ははは、ごめんなさい。いや、決して仕返しじゃありませんよ」

三人は春名の家に帰り始める。

「うーん、やられたか」

「健爾がオフシーズンで帰ってくるのに合わせて、清家さんに来ていただいたというわけです。実は大浦というのは死んだ妻の実家の姓です」

手紙にあったオフシーズンとはそういうことだったのか。

わたしは大浦健爾に聞く。

「お父さんが春名投手だったということ、どうして見破ったの」

「高校の野球部に、昔の野球の資料があって、そのいくつかに小さな顔写真があったんです。古くて少しぼけてるし、一つだけだったらわからなかったかも知れませんけど、いくつかを並べてみると、これはおやじにちがいないと」

わたしは、春名の手紙の中身を思い出そうとする。

恩着せに類する言辞は親子の間柄になじまない——だったか。春名は息子に、彼を育て上げるためだけの理由で野球をやめたとは言いたくなかった。しかし、息子は成長の過程で自然にそれを知った。

「じゃ、春名さん、お手紙にあった『お父さんのあとを継ぐことに決めたよ』という息子さんのことばは……？　『蛙の子は蛙』は……？」

「ええ、そこもちょっとすり替えて愉しませてもらいました。しかしね、清家さん、わたしも息子からあとを継ぐと言われたときは、最初はてっきり店のことだと思いました。こいつが学校の資料でおやじの前歴に気付いたなんて想像もしてませんでしたからね」

「うーん、こいつは春名投手の変化球にまんまと引っかかったか」

「ははは、いやいや、すみませんでした」

だんだん思い出してきた。高松のうどん屋で、あの日の大浦投手のピッチングについて春名が言っていた。「今日のあいつのタマで一番よかったのは、オマリーに一発を浴びたあれです」

この逆説的な指摘を、本人はどう思うだろうか。わたしはそれを、歩きながら大浦に訊ねてみた。大浦は即座に答えた。

「ぼくもそう思います。バッテリーの球種の選択もスピードもコースも最高でした。それをやられたんだから仕方ありません」

やがて、割烹ちさとの白壁が見えてきた。

店に入ってビールを振舞われていると、ほどなく、シャワーを浴びた大浦が白い上っぱりの板前姿で現われ、まな板の前に立った。

「わたしは、野球を中心に考えても、今では三十年を失ったとは思えないんです。幸せ者だと思う」

店が閉まったあとのリヴィング・ルーム、大浦は二階の自室に引きあげて、わたしと春名の二人である。

春名は、息子が高校に入っても、野球部をすすめたりしたことはない。ましてプロ野球のことなどおくびにも出さなかった。しかし息子は、父親の前歴を知ってからは、ときどき野球についての質問をし、意見を求めてきた。春名はそれに控えめに応じた。

大浦健爾の父親がかつての東海ペガサスの春名大五投手であることは、健爾が自分で気付いてからは、春名にとっても絶対に外に洩れてはならない秘密ではなくなっていた。しかし二人は学校でも世間でも今までどおりに振舞った。実はこれこれこうですなどと、自分たちのほうから言うことでもない。世間に自然に知られるようになればそれはそれでいいだろう。健爾はもう一人前になった。

実は春名は、息子に家業を継いでもらいたいという気持のほうが強かった。息子のプロ野球志向に否定的な感想を述べたことも一度ならずある。その一方で、自分が早ばやと降りたプロ野球のマウンドに、その自分が降りた原因となった息子が成長して立つという夢を脳裡に描き、わくわくして眠れない夜もあった。

息子は息子で心が揺れていた。高校、大学、社会人と野球を続けながら、どこの球団からもドラフト指名がなかったことは、ただ野球を愉しみたい、野球から離れたくないという一心でやってきた大浦にとってはそれほど気にならなかった。しかしようやく、二十五歳になって決心した。プロに挑もう。高校生のときにおやじのあとを継ぐと言ったことに挑もう。割烹のあとを継ぐのは野球ができなくなってからでも遅くはない。そして、大阪ジャガーズのテストに合格した。

「正直言って、わたしもうれしかった。そしてあいつも、その世界で何とかやっている。だから今ではわたしは、野球を中心に考えても、三十年を失ったとは思わずに済むようになっています」

「春名さんのおっしゃった負が、また正になって戻ったと」

「ははは、そうなりますかね」

春名は、しばし黙って感慨にふけっているようであった。やがて語り出した。

「健爾がひとかどのプロの投手になったのは、親子ともそうなるとは思っていなかったにせよ、父子相伝といえるかも知れません。そして清家さんはそれを、負が正になって戻ってきたと言ってくださった。ある意味ではそのとおりです。しかし今のわたしは、正と負が逆転とまではいかないけれど、言ってみればどちらも正でありうるといった心境になっています。確かにわたしは、野球をやめた頃は、それまでの栄光のマウンドが正の位置で、それ以外の生活を負と位置づけていた……。清家さん、タバコを一本いただけますか」

わたしは弾かれたように手許のピース・ライトの箱を差し出す。マッチをつけてやる。今まで、彼がタバコを吸うのは一度も見たことがない。

春名は、ゆっくり深く吸い込み、うまそうに鼻と口から煙をゆらゆらと出した。

「しかしね、今はそれがまちがいだったと思うようになっています」

「………」

「多分そのことに気付かせてくれたのは、野球を捨てたときには聞こえなかった、死んだ妻の心の声です」

「はあ……」

「親が息子を、いや、娘でも同じですが、こどもを育てる、その営みこそが『正』でしょ。それを妨げるものが『負』です。そう思ったとき、それまで自分のことを内心で『悲劇のヒーロー』などと悲壮がって美化していたわたしの気持が変わり始めたのです」

「その、奥さんの声が聞こえてきたのは、いつ頃ですか」

「多分、健爾が五、六歳になった頃かな。わたしにキャッチボールをせがみ始めた頃だったと思う」

「はあ……」

「ビールをもう一本飲みましょうか」

「はい、いただきます」

冷蔵庫に立つ春名の後ろ姿を、わたしは眼で追う。

——あの背中に幼児の健爾をおんぶしていた頃は、彼はまだ自分を「悲劇のヒーロー」と思っていたんだな。

春名がビールの瓶を持って戻ってきた。

「その頃からだんだん、わたしにとってどっちが正だとか負だとか決めつけないで済む心境になってきたように思います」

そうしてまもなく、この人は還暦を迎える。わたしのような凡人は、その年齢に達する頃、一体どんな境地を得ているのであろうか。

「それにしても春名さん、さっき家業を継がせたいとおっしゃったけど、春名さんの場合はプロ野球のピッチャーズ・マウンドも、父子相伝の家業じゃありませんか。そして息子さんはいずれマウンドを降りたら、今度はもう一つの家業を継ぐ。これも父子相伝。羨ましい限りですよ。御苦労が実りましたね」

春名は、わたしのことばに黙って耳を傾けている。

静かである。心なしか潮騒が伝わってくるような気もする。

目が覚めると、隣で寝ていたはずの春名の姿が見えない。ふとんは二つ折りに畳んである。時計を見ると午前七時四十分。

起き上がった。わたしの枕元に、きちんと畳まれた紺のトレーナーと、一個のグローブ、それに灰皿で押さえたメモが置いてある。「きのうの場所で七時から朝の日課を一時間ほどやっています。よろしければどうぞ」

わたしは急いでトレーナーに袖を通し、グローブを手に、顔も洗わずに春名の家を飛び出した。

千里浜に向かってランニングを始めながら、わたしの胸が高鳴ってくる。久しぶりにランニングをしている肉体的な反応以上に、春名と、大浦と、キャッチボールができるということへの胸の高鳴りだ。往年の東海ペガサスの投手、それに現役の大阪ジャガーズの投手、彼らが相手になってくれるなんて、何という僥倖《ぎょうこう》だろう。

わたしの気持は完全に、芦屋で過ごした少年時代に戻っている。

克平が誘いにくる。健が誘いにくる。あるいはわたしが誘いに行く。そしてたいていはお互いに「先い行っとるで」と一声かけて走り出すのだった。待っている時間が惜しい。一刻も早く、あの原っぱのスタジアムの草を踏みたい。場所取りのこともある。そして、一人でも野球はできるのだった。

克平と健が先に行ってキャッチボールを始めている。あるいはすでに審判がプレーボールを宣し、一人がケバの皮のむけたテニスの硬球を投げ、一人が竹竿を切ったバットで打ち返しているかも知れない。そうなってから駆けつけたプレーヤーは、ただちにピッチャーの後方に位置して万能内外野手、ユーティリティ・プレーヤーの役をつとめ、打つ順番は三番目にしか回ってこないというのが、わたしたちのベースボールのルールである。

克平は今日は、投げるときはスタルヒン、打つときは青田になると言っていた。健はいつも、投げるときは藤本、打つときは別当だ。

克平と健が誘いに来てからだいぶ経っている。多分今日はわたしは、ピッチャーを助ける守備から入ることになるだろう。それなら初めは、駿足好打好守の名センター呉昌征になろう。

わたしは千里浜に向かって走りながら、現実と夢想が同居していたそんな少年時代の感覚に戻っていた。現実は夢想を裏切らなかった。そして、夢想は現実に対して優しかった。ケバの皮のむけた茶褐色のゴムボールは、遠くから見るだけでまだ触ったことのない硬式野球の、赤い糸で縫った真っ白な革のボールとなり、黄ばんだ竹竿のバットは、やすやすと大下の青バットや川上の赤バットと化していた。

ああしかし、と千里浜のなぎさを眼にするところまで走ってきたわたしは思う。今日は、夢想というこどもっぽいゲームをしなくてもいいのだ。現実の春名大五投手、現実の大浦健爾投手が待ってくれている。

それなら……とわたしはまたこどもの夢想に戻ってしまった。

——おれはサンディ・コーファックスだ。

浜の展望が開けた。ランニングや散歩をしている男女の姿が数人ちらほらと見える。そして、その邪魔にならないように草叢の平坦なところでキャッチボールをしている二人。

彼らのほうに近付きながら、わたしは一瞬、二人のあいだに割って入れないような気がした。相手がプロだからではない。そこに、父と子の二人だけの誇らしい、充足した世界を見たからだ。父と子のキャッチボール。余人をまじえず、二十数年続けてきた父と子のキャッチボール……。

春名からのタマをグローブに収めた大浦が、わたしに気付いて軽く頭を下げた。春名が近寄ってくる。

「清家さん、軽くやりましょう」

春名とわたしが、距離を縮めて向かい合う。春名が、山なりのタマを投げてよこす。それでもグローブにジンと響く。わたしはボールを見る。初めて手にする本物の硬球。

やがて、春名がわたしと並び、大浦が二人を相手にするキャッチボールに移った。

わたしはまた、いつのまにか少年に戻っていた。

年が明け、冬が去り、ふたたび春の気配を感じるようになると、わたしは東京にじっとしていられなくなった。去年より早目にオープン戦に行きたい。春名大五に電話して観戦予定を聞くと、幸いわたしの予定と同じ日のがあった。そういうわけで、わたしは今、春名と並んで沖縄の糸満球場のスタンドに腰を掛け、南国の陽光をいっぱいに浴びている。カードは大阪ジャガーズ対横浜ベイスターズ。

二人の予想が的中した。ジャガーズの先発投手は大浦と出た。

両チームのシートノックは終わっている。グラウンド・キーパーがホームプレートや各ベースの周囲を整え直している。ジャガーズのダッグアウトのまえでは、数人の選手が、ゲームもいいけれどおれはこれも大好きなのさといった面持ちで、近距離でゆったりと山なりのキャッチボールをしている。

春名が、例によって静かな口調で言う。

「わたしは野球で四季を知る。こう言ったのはアメリカのだれでしたっけ」

「さあ、知りません」

「実は、わたしが今つくったんです」

「またまた……。最近は春名さん、わたしには変化球ばかりですね」

「そうですか、すみません。しかし、アメリカでも今、英語で同じことを言っている人がいるかも知れない。どこかでだれかがきっと同じことをつぶやいてますよ」

ジャガーズのナインが小走りにフィールドに散り始めた。一番あとから、大浦投手がゆっくりとした歩調でマウンドに向かう。足許を自分の好みに直して準備投球を始める。

ベイスターズのトップバッター波留が打席に立つ。球審が右手を大浦に向けて伸ばし、プレーボールを宣する。大浦が第一球を投じる。

ベースボールは、今日もさりげなく始まった。

あとがき

この作品集の中では『消えたエース』がいちばん新しい一篇である。これに、今まで雑誌に発表してきたものから何篇かを選んで加え一冊にまとめることは、まえから決まっていたのだが、『消えたエース』を書き進めるうちに「こういう本にしたい」というあるイメージが浮かんできた。それは、少年が主人公のもの、青年が主人公のもの、そして壮年、初老と、作品を主人公の年代別に選んで構成してみたいというものだった。『消えたエース』では、五十を過ぎた「わたし」が年上の元プロ野球選手に三十年ぶりで再会し、それがきっかけで「わたし」の青年時代や少年時代にも回想が及ぶようにした。そのこともあって、今までアトランダムに書いてきた小説群を、少年を主人公にしたものから年齢層に沿って揃えてみたいと思ったのだろう。

幸い、この案は編集部に納得してもらえた。とはいうものの、時間軸で並べる発想にこだわるあまり、一冊の本の中の作品相互の調和がいちじるしく乱れることがあってはならない。たとえば野球小説と歴史小説が同居するのはやはりなじまないのである。そこで収録に加えたのが、もう十年もまえに書いた『ほとほと……』と『夜行列車』である。『ほとほと……』は中学生を主人公に、『夜行列車』は青年のとば口にさしかかった男を主人公にしたものだった。この二つは他の三作のように野球を小説のフィールドにしたものではないが、僕自身は、僕の書いてきたものの中では同じ系列に入ると思っている。作品相互の調和はどうやら保たれたと思う。それに偶然ではあるが、少・青年期を舞台にした作品がいずれも十年まえに書いたものであることは、僕の実人生の時間を少し圧縮して振り返っているような気がして、自分ひとりで面白がってもいる。

実は、こうした時間の流れを一冊にまとめたのは初めてではない。六年まえに上梓した野球の短篇連作『ダイヤモンドの四季』（新潮社刊）がそのこころみに当たる。しかしこれは雑誌連載の当初から、少年・青年・壮年・老年の四部連作にするという意図があり、モチーフを春―一塁―少年、夏―二塁―青年、秋―三塁―壮年、冬―本塁―老年と配置したうえで書き始めたのだった。だから、アトランダムに書いてきたものを年代別に揃え、かつ調和をはかるという今度の本づくりとは発想を異にする。だが、いずれにしても、僕がこうして時間軸にまとめることにこだわったのは、僕自身が、少年期・青年期・壮年期を振り返るのに十分な年齢に達していることの証左にほかならない。

僕は『球は転々宇宙間』と『捕手《キャッチャー》はまだか』で小説家の仲間入りをしたので、その後も「野球小説を」との注文が断続的に続いてきた。書下ろしや特定の人物を主人公とするシリーズものは別として、短篇ないし中篇の野球小説を単独で書かなければならない場合は、発想を得るまで、いや得てからもおおいに悩む。いったい今、僕にとって野球をモチーフに使うことに何の意味があるのか、そもそも野球小説などというジャンルは何を指してそういわれているのか等々。

そんなとき、僕は一旦、僕の好きな球場、あるいは想像上の球場の観客席に、僕を置いてみる。そして周囲のざわめきや球音や、天空と風の模様や、プレーの局面を想像してみる。そのうちに、人間と人生との隠喩に満ちた野球というボールゲームを生み育ててきた人間の叡知への信頼が甦る。そして原稿用紙に向かう。もう躊躇逡巡は許されない。プレーボールは宣せられたのだ。

この本の企画にあたって、「プレーボール」とコールしてくださった文藝春秋の阿部達児さん、和田宏さん、それに小説家のロッカー・ルームにしばしば足を運んで励ましてくださった和賀正樹さんに感謝する。

赤瀬川隼

P+D BOOKS ラインアップ

三匹の蟹　大庭みな子　● 愛の倦怠と壊れた〝生〟を描いた衝撃作

冥府山水図・箱庭　三浦朱門　● 〝第三の新人〟三浦朱門の代表的2篇を収録

虚構の家　曽野綾子　● 〝家族の断絶〟を鮮やかに描いた筆者の問題作

地を潤すもの　曽野綾子　● 刑死した弟の足跡に生と死の意味を問う一作

プレオー8の夜明け　古山高麗雄　● 名もなき兵士たちの営みを描いた傑作短篇集

白球残映　赤瀬川隼　● 野球ファン必読！胸に染みる傑作短篇集

P+D BOOKS ラインアップ

ソクラテスの妻	佐藤愛子	若き妻と夫の哀歓を描く筆者初期作3篇収録
女優万里子	佐藤愛子	母の波乱に富んだ人生を鮮やかに描く一作
黄昏の橋	高橋和巳	全共闘世代を牽引した作家〝最期〟の作品
堕落	高橋和巳	突然の凶行に走った男の〝心の曠野〟とは
生々流転	岡本かの子	波乱万丈な女性の生涯を描く耽美妖艶な長篇
長い道・同級会	柏原兵三	映画「少年時代」の原作〝疎開文学〟の傑作

P+D BOOKS ラインアップ

居酒屋兆治 山口 瞳 ●高倉健主演映画原作。居酒屋に集う人間愛憎劇

血族 山口 瞳 ●亡き母が隠し続けた私の「出生秘密」

家族 山口 瞳 ●父の実像を凝視する『血族』の続編的長編

血涙十番勝負 山口 瞳 ●将棋真剣勝負十番。将棋ファン必読の名著

続 血涙十番勝負 山口 瞳 ●将棋真剣勝負十番の続編は何と〝角落ち〟

夢の浮橋 倉橋由美子 ●両親たちの夫婦交換遊戯を知った二人は…

P+D BOOKS ラインアップ

城の中の城	倉橋由美子	● シリーズ第2弾は家庭内〝宗教戦争〟がテーマ
アマノン国往還記	倉橋由美子	● 女だけの国で奮闘する宣教師の「革命」とは
青い山脈	石坂洋次郎	● 戦後ベストセラーの先駆け傑作〝青春文学〟
山中鹿之助	松本清張	● 松本清張、幻の作品が初単行本化!
白と黒の革命	松本清張	● ホメイニ革命直後 緊迫のテヘランを描く
花筐	檀一雄	● 大林監督が映画化、青春の記念碑作「花筐」

P+D BOOKS ラインアップ

人間滅亡の唄 深沢七郎 ●〝異彩〟の作家が「独自の生」を語るエッセイ集

アニの夢 私のイノチ 津島佑子 ●中上健次の盟友が模索し続けた〝文学の可能性〟

楊梅の熟れる頃 宮尾登美子 ●土佐の13人の女たちから紡いだ13の物語

記憶の断片 宮尾登美子 ●作家生活の機微や日常を綴った珠玉の随筆集

幼児狩り・蟹 河野多恵子 ●芥川賞受賞作「蟹」など初期短篇6作収録

ウホッホ探険隊 干刈あがた ●離婚を機に始まる家族の優しく切ない物語

P+D BOOKS ラインアップ

海市　福永武彦　●親友の妻に溺れる画家の退廃と絶望を描く

風土　福永武彦　●芸術家の苦悩を描いた著者の処女長編作

夜の三部作　福永武彦　●人間の〝暗黒意識〟を主題に描く三部作

夢見る少年の昼と夜　福永武彦　●〝ロマネスクな短篇〟14作を収録

加田伶太郎 作品集　福永武彦　●福永武彦〝加田伶太郎名〟珠玉の探偵小説集

廃市　福永武彦　●退廃的な田舎町で過ごす青年のひと夏を描く

P+D BOOKS ラインアップ

罪喰い　赤江 瀑　●〝夢幻が彷徨い時空を超える〟初期代表短編集

春喪祭　赤江 瀑　●長谷寺に咲く牡丹の香りと〝妖かしの世界〟

おバカさん　遠藤周作　●純なナポレオンの末裔が珍事を巻き起こす

宿敵 上巻　遠藤周作　●加藤清正と小西行長 相容れぬ同士の死闘

宿敵 下巻　遠藤周作　●無益な戦。秀吉に面従腹背で臨む行長

銃と十字架　遠藤周作　●初めて司祭となった日本人の生涯を描く

P+D BOOKS ラインアップ

ヘチマくん	遠藤周作	●太閤秀吉の末裔が巻き込まれた事件とは?
フランスの大学生	遠藤周作	●仏留学生活を若々しい感受性で描いた処女作品
春の道標	黒井千次	●筆者が自身になぞって描く傑作〝青春小説〟
裏ヴァージョン	松浦理英子	●奇抜な形で入り交じる現実世界と小説世界
快楽(上)	武田泰淳	●若き仏教僧の懊悩を描いた筆者の自伝的巨編
快楽(下)	武田泰淳	●教団活動と左翼運動の境界に身をおく主人公

P+D BOOKS ラインアップ

残りの雪（上）
立原正秋
●古都鎌倉に美しく燃え上がる宿命的な愛

残りの雪（下）
立原正秋
●里子と坂西の愛欲の日々が終焉に近づく

剣ケ崎・白い罌粟
立原正秋
●直木賞受賞作含む、立原正秋の代表的短編集

サド復活
澁澤龍彥
●サド的明晰性につらぬかれたエッセイ集

マルジナリア
澁澤龍彥
●欄外の余白（マルジナリア）鏤刻の小宇宙

玩物草紙
澁澤龍彥
●物と観念が交錯するアラベスクの世界

P+D BOOKS ラインアップ

都心ノ病院ニテ幻覚ヲ見タルコト　澁澤龍彦　●澁澤龍彦が最後に描いた〝偏愛の世界〟随筆集

秋夜　水上 勉　●闇に押し込めた過去が露わに…凛烈な私小説

五番町夕霧楼　水上 勉　●映画化もされた不朽の名作がここに甦る！

やややのはなし　吉行淳之介　●軽妙洒脱に綴った、晩年の短文随筆集

焔の中　吉行淳之介　●青春＝戦時下だった吉行の半自伝的小説

男と女の子　吉行淳之介　●吉行文学の真骨頂、繊細な男の心模様を描く

P+D BOOKS ラインアップ

虫喰仙次	色川武大	●戦後最後の「無頼派」、色川武大の傑作短篇集
小説 阿佐田哲也	色川武大	●虚実入り交じる「阿佐田哲也」の素顔に迫る
ぼうふら漂遊記	色川武大	●色川ワールド満載「世界の賭場巡り」旅行記
親友	川端康成	●川端文学「幻の少女小説」60年ぶりに復刊!
廻廊にて	辻 邦生	●女流画家の生涯を通じ〝魂の内奥〟の旅を描く
夏の砦	辻 邦生	●北欧で消息を絶った日本人女性の過去とは…

P+D BOOKS ラインアップ

眞晝の海への旅　辻 邦生
●暴風の中、帆船内で起こる恐るべき事件とは

鞍馬天狗 1 鶴見俊輔セレクション
角兵衛獅子　大佛次郎
●〝絶体絶命〟新選組に取り囲まれた鞍馬天狗

鞍馬天狗 2 鶴見俊輔セレクション
地獄の門・宗十郎頭巾　大佛次郎
●鞍馬天狗に同志斬りの嫌疑！ 裏切り者は誰だ！

鞍馬天狗 3 鶴見俊輔セレクション
新東京絵図　大佛次郎
●江戸から東京へ時代に翻弄される人々を描く

鞍馬天狗 4 鶴見俊輔セレクション
雁のたより　大佛次郎
●〝鉄砲鍛冶失踪〟の裏に潜む陰謀を探る天狗

鞍馬天狗 5 鶴見俊輔セレクション
地獄太平記　大佛次郎
●天狗が追う脱獄囚は横浜から神戸へ上海へ

（お断り）

本書は１９９８年に文藝春秋より発刊された文庫を底本としております。
あきらかに間違いと思われるものについては訂正いたしましたが、
基本的には底本にしたがっております。
また、底本にある人種・身分・職業・身体等に関する表現で、現在からみれば、
不当、不適切と思われる箇所がありますが、著者に差別的意図のないこと、
時代背景と作品価値とを鑑み、著者が故人でもあるため、原文のままにしております。

赤瀬川 隼（あかせがわ しゅん）
1931年(昭和6年)11月5日—2015年(平成27年)1月26日、享年83。三重県出身。1995年『白球残映』で第113回直木賞を受賞。代表作に『球は転々宇宙間』『深夜球場』など。

P+D BOOKS

ピー プラス ディー ブックス

P+Dとはペーパーバックとデジタルの略称です。
後世に受け継がれるべき名作でありながら、現在入手困難となっている作品を、
B6判ペーパーバック書籍と電子書籍で、同時かつ同価格にて発売・配信する、
小学館のまったく新しいスタイルのブックレーベルです。

白球残映

2018年8月14日　初版第1刷発行

著者　赤瀬川 隼
発行人　清水芳郎
発行所　株式会社 小学館
〒101-8001
東京都千代田区一ッ橋2-3-1
電話　編集 03-3230-9355
販売 03-5281-3555
印刷所　昭和図書株式会社
製本所　昭和図書株式会社
装丁　おおうちおさむ（ナノナノグラフィックス）

ISBN978-4-09-352344-8

P+D BOOKS